Kay Ganahl

Hörspiele
Der Test
&
Freigang/Texte

Kay Ganahl

HÖRSPIELE

Der Test
&
Freigang/Texte

Bibliografische Information der Deutschen Nationalbibliothek

Die Deutsche Nationalbibliothek verzeichnet diese Publikation in der Deutschen Nationalbibliografie; detaillierte bibliografische Daten sind im Internet über http://www.dnb.ddb.de abrufbar.

ISBN 9783758301070

Gestaltung und Layout: Kay Ganahl
Cover-Fotos: Kay Ganahl

Herstellung und Verlag:

BoD – Books on Demand, Norderstedt

Inhalt

DER TEST

Ein Hörspiel von Kay Ganahl
Die Textfassung

Rollen

Erzähler

Stimme

Testperson

Xxx, Freund der Schwester

Schweine

Ängstlicher

Älterer und Alter

Schwester

Ängstliche

Ärgerlicher

Harry

Dettmer

Stimme/Wächter

Geräusche und Musik

Die Fiktion

Hier und heute sitzt jemand eben nicht in einem blühenden Garten - in den Bäumen zwitschernde Vögel.

Und nicht unter düsenden weißen Klippern, bei abgesprungenen Fallschirmspringern, zumal in der Nähe keine freundlichen Zeitgenossen sind …

Diese *Testperson* hört aber heute all das Geschriebene, auch die Stimme, recht deutlich!

Bedrückung und Verängstigung

Intro Musik

Erzähler, Bassstimme, LANGSAM, MANCHMAL STOTTERND:
„Keiner hatte jemals davon gehört. Verrücktheiten als Unerklär-
liches, angeblich Unvermeidbares wie diese sollte es irgendwo
geben, doch tatsächlich gehört hatte man davon nichts. Man
zieh sie einfach "Verrücktheiten", wollte nichts hören, nichts
sehen, je weniger desto besser. Mancher hätte sich gerne verweigert, verhielt sich auch so: Nur nicht mit mir! Und wenn
doch: Bitte vergessen!
Ich vergesse, natürlich. Nur vergessen. Das hat es doch wohl
noch nie gegeben!

Bereitwilligkeit beschränkte sich auf das schnellstmögliche Er-
ledigen. Und man konnte hierfür ein gewisses Verständnis auf-
bringen. Dieser Verein war besonders hartnäckig und dürfte,
wie man flüsterte, vor nichts zurückschrecken, zumindest hatte
man mit allem zu rechnen. Immer war eine Rechnung offen,
bestand eine Gefahr. Der Schrecken bestand in der endlosen
Erwartung, die schrecklicher als der größtmögliche Schrecken
eines konkret erwarteten Handelns war!"

Das Zimmer

Testperson WINDET SICH FRÜHMORGENS IM BETT, HAT SCHMERZEN: „Kein Radio an, alles Pippikack!? Warm hier, echt warm hier. Ich liebe mich nicht mehr, draußen fielen mir die menschlichen Regungen noch schwerer, überhaupt ist alles scheiße, mir kommt es gleich ganz dicke, ganz dicke …"

Stimme LEISE, HANDLUNG VORAUSAHNEND: „Wenn ich rausgegangen sein werde, wird der Platschregen einsetzen und alle werden in meinem Kopf umherschwirren, als wären sie Menschen gewesen. Aber sie waren keine – tatsächlich."

Testperson WÜTEND: „Uah! Uha! Wer war das? Verstehe nicht, wer dies gewesen sein könnte?"

Stimme EINDRINGLICH: „Wir sind es heute. Wir machen Druck von heute an … bald wird alles anders sein!"

Testperson: „Gleiches mit … Wie? Scheiß' der Hund drauf! Wer ist das? Wer ist das?! Bin ich nicht mehr allein? Das ist mir ein Unbegreifliches?!"

Stimme MAHNEND: „Der Staat sind wir, der … STAAT!"

Testperson SAUER: „Wer?"

Stimme LAUT LACHEND: „Ha, ha! Der STAAT!"

Testperson VORTRAGEND, IM HALBSCHLAF: „Der Staat maßt sich dauernd etwas an, man könnte es ständig hören, sehen. Nur die Augen auf! Leider scheint es nicht hinreichend zu sein, … dieser Riesenapparat hat seine Geheimen, die überall RUM-KRIECHEN, wo sie nicht kriechen sollten. Sie schmarotzen durch die Landschaft, die Siedlungen der Menschen - und belauschen und zeichnen auf. Ich hasse sie!"

Stimme BESTÄTIGEND, FLÜSTERND-IRONISCH: „Wir kriechen, wir unterwandern, wir beeinflussen, sabotieren und manipulieren, täuschen vor, spionieren aus, setzen unsichtbare Grenzen – zerstören Existenzen! All dies. Aber wir hassen uns nicht selbst, ätsch!"

Testperson LAUT: „Raus hier! Raus! Die Unverletzbarkeit der Wohnung …. Schon einmal davon etwas gehört? Niemals?! Unfassbar ist es. Gleich gehe ich zur Kriminalpolizei!"

Stimme: „Die sind wir, aber die … von der man weiß, doch auch nichts weiß. Genauer gesagt: Wir sind das Gerücht, diesen Staat im Untergrund zu vertreten und zu verteidigen. Haben sie von uns nie gehört?"

Testperson WÜTEND. IRONISCH: „Unfasslich! Bin ich ein Gefangener in meinem eigenen Zimmer? Ja? Das wird ja etwas werden – Ding der Unmöglichkeit – eigentlich! Krasse Realität, am krassesten überhaupt!"

Stimme IMITIEREND: „Unfasslich! Bin ich ein Gefangener in meinem eigenen Zimmer?" - PAUSE – „Ja, sie sind unser Gefangener, wenn sie es genau nehmen wollen!"

Das Aufstehen

Erzähler, BASS-STIMME – LANGSAM: „Bald will unsere Person zum Frühstück gehen. Müde ist sie meistens, doch so müde wie heute Morgen noch niemals zuvor. Gähn. Würg. - Es gibt Probleme, aber dieses hier mit seiner totalen Unsicherheit des Beobachtet- und Abgehört-werdens … ist wahrhaftig beispiellos!"

Testperson, in demselben Zimmer: „Der Staat maßt sich alles an, denn er ist der einzige neue Gott. Er ist brutalentmenschend, schlägt jeden mit dem Riemen blutig, blutig, blutig. Er ist Gott. Man soll ihn fürchten, doch wir fürchten ihn nicht! Denn wir sind nicht wie er. Du."

Stimme GLEICHMÜTIG: „So verhält sich das mit den Unbelehrbaren, die wir haben. Sie können aber nichts dafür. Naiv und unerfahren sind sie nämlich, was abgestellt werden wird, wenngleich sie hiervon nichts wissen können. Noch."

Testperson AUFMERKSAM: „Wie? Der Staat? Der Staat - … Wer hat von diesem Staat gehört? Der Staat ist das Blut, das von Vampiren ausgesaugt wird. Und er ist jeder Vampir, der das Blut aufsaugt. Die Menschen die Menschen die Menschen sind geltungslos. Wie? Wie? Wie?"

Stimme GLEICHMÜTIG: „Hier handelt es sich um Übertreibungen."

Xxx Freund der Schwester, der im Nebenraum ist SCHREIEND: „Das ist ein Test! Das ist kein Test!"

Testperson WUTENTBRANNT: „Das gibt's doch gar nicht! Oder? Der Staat ist grausam, wie sich zeigt. Meine Meinung war immer richtig. Dies hier, was ich erlebe, ist der langausstehende Beweis dafür. Ums Grundsätzliche geht es mir im Allgemeinen!"

Stimme WARM-IRONISCH: „Uns gibt es, wie sie hören können. Dies, was sie als Lebendiger erleben, ist zuhöchst real. Realer könnte es gar nicht werden können!"

Testperson: „Real. Vielleicht. Es wäre möglich. Ist das ein Test oder sowas? Hmm?"

Stimme ERBOST: „Ein Test. DAS soll ein Test sein??!! Wie? Wie? Wie? Soll das ein Witz sein? … TEST … Nur das Blut … wir sind nicht nur Blut und Vampir, sondern Gott! Wir sind die Geheimen, die uns selbst schützen. Uns gehört der Staat, er ist unser Eigentum. Hast du das nicht gewusst?" – PAUSE – „Aber im Grunde sind es Übertreibungen. Ernst zu nehmen ist es kaum, sie reden Nonsens …"

Testperson SACHLICH-ABGEWANDT, DANN AUFGEBRACHT: „Das ist ein Test. Oder? Dieser Jemand will mich testen. - Was hätte es sonst für einen Sinn? Sind sie der Staat, sie Niemand-Jemand? Blut – Blut!!! Wo ist das Blut???"

Stimme ERBOST: „Mit Blut warten wir glücklicherweise nicht auf, noch nicht. Aber es könnte dahin kommen. Wer weiß. Es kommt auf den Auftrag an.

Testperson AUFGEBRACHT: „Der Unglaube über meine Lage … diese Lage … Worum geht es hier? Das muss ein Test sein, oder nicht?"

Stimme WARM-IRONISCH: „Sie reden Nonsens! Wir sind der Staat. Wir sind derselbe auch wieder nicht. Eigentlich wissen wir nicht, wer wir sind. Wüssten wir es, so könnten, so dürften wir es ihnen mitteilen. Geheim sind wir allem Anschein nach, denn sonst könnten wir uns ja bekennen, die größeren Bekenner sein!"

Testperson BELEIDIGT: „Das muss scherzhaft gemeint sein. Bestätigen sie bitte endlich, dass es sich um einen Test handelt!"

Stimme RUHIG: „Eigentlich dürfen wir gar nicht soviel reden, dies ist hier der Ausnahmezustand für uns. Sie haben uns gereizt. Tja. Ein Test könnte es sein, soweit können wir bestätigen!"

Testperson BELEIDIGT: „Das ist ein Test!"

Stimme TIEF UND SEHR RUHIG: „Möglicherweise ist dies ein Test. Mehr können wir jetzt nicht bestätigen."

Testperson BEUNRUHIGT: „Die wollen mich fertigmachen, mir mein Leben nehmen …. Nein …. Zu einer Marionette wollen sie mich machen. Jetzt bin ich schon eine! Eine, die von Fäden gesteuert wird. Erzeugen die öfter so etwas? Erlebt man mit denen etwa häufiger solche Geschehnisse, die aus dem Nichts kommen und einem den Atem rauben?"

Stimme MIT EINER BEMERKENSWERTEN GELASSENHEIT, AN IGNORANZ GRENZEND: „Gegenwärtig steuern wir sie, kein Zweifel soll ihre Stirne umschatten! Dies ist hier so! Ihnen ein großes Erlebnis soll alles sein, sie sollen den vollen Druck kriegen! Seien sie dessen gewiss, dass sie ihn über einen längeren Zeitraum genießen können! Wir werden diesen ganzen Zeitraum über allgegenwärtig sein - !"

Testperson LAUT: „Das soll also doch ein Test sein! Was?! Was denn sonst. Wo steckt denn der Sinn? Trotzdem: Die wollen mich damit tüchtig verarschen, wollen mir den Selbstrespekt nehmen, mein Leben durcheinanderbringen ... die Schweine ..."

Xxx Freund der Schwester SCHREIEND: „DAS SOLL EIN VERSCHISSENER POPELSTEST SEIN!"

Testperson ENTTÄUSCHT KLINGEND: „Das reicht sehr weit auf den Boden, wo die Nervenstränge zusammenlaufen müssen, wenn ich mich nicht irre. Ist ja irre!"

Xxx Freund der Schwester GRUNZEND, zwischen Blutstrom und Messerschärfen: „Gr. Gr. Gr. Die werden dir beweisen, was du für ein kleines mickriges Schwein, grunzend, außerdem ein runtergekommenes widerwärtiges Arschloch bist!"

Testperson WIDERSTREBEND: „Die Wahrheit will ich wissen, wenigstens jetzt! Man kann doch wohl die Wahrheit mitteilen ... aber nein ... Die wollen mich vielleicht verarschen, mir die Grenzen aufzeigen, bis wohin ich reiche. Das könnte nah, sehr nah liegen!"

Stimme HALB SINGEND, HALB WOHLTÖNEND: „Tatsächlich, allein wahr ist, dass wir hier sind und auf sie Druck ausüben. Sie werden schon erkennen, worin dieser besteht! Natürlich werden sie sich auf die Insel wünschen. Verzweiflung haben und den Boden dauernd unter den Füßen verlieren!"

Schweine im Stall-Geräusche. Es wird laut, immer lauter. Unangenehm. Die Atmosphäre ist dicht.

Schweine: „Baaaaaaaaaaa!"

DIE STIMME, GANZ SACHLICH, KOMMT LANGSAM ZWISCHEN DIE SCHWEINE IM STALL-GERÄUSCHE, also dann die Stimme: „Einschränkend gesagt, wissen wir durchaus, wer wir sind, jedenfalls hat man es uns gesagt. Gewissheit gibt es aber nicht."

KURZE STILLE.
TRÖTEN WERDEN LAUT GESPIELT. VON DRAUßEN TÖNEN DANN ALLTAGSGERÄUSCHE MACHTVOLL IN DAS ZIMMER.

„Spaß? Nun, Spaß bedeutet es mir, persönlich ... uns ... persönlich: vor allem Spaß! Aber das ist ein Scherz, ehrlich gesagt: wir jobben ein bisschen rum. Noch ehrlicher gesagt: wir sind die Tester, das wäre es auch schon. Weiteres könnten wir nicht mitteilen, auch wenn wir es wollten. Schließlich sind wir Stimmen. Haben wir noch Glaubwürdigkeit, ich meine ... irgendeine?"

Testperson WÜRGEND, VOR WUT ZISCHEND: „Diese Stimme ist am Reflektieren, ich dachte. Sie dürfen nicht so viel quatschen? Vergehen sie sich an ihren Vorschriften, sie Staatlicher?!"

EINEN MOMENT STILLE, dann:
TESTPERSON LÄUFT NERVÖS IM ZIMMER UMHER, ALSDANN GEHT SIE IN DIE TOILETTE.
SPÜLUNG DES KLOS.

Testperson FLUCHEND: „Nicht einmal hier bin ich allein, Sauerei!"

DAS WASCHBECKEN VERURSACHT GERÄUSCHE.

Testperson: „Ich könnte sie ermorden!" RUFEND. VERÄRGERT.

Xxx Freund der Schwester, IM NEBENZIMMER - IRONISCH AUS-
RUFEND: „Mensch Meier, wer flucht denn da, bist du das?!"

Testperson: „Ich? Nein!!"

DIE TÜR DES NEBENZIMMERS WIRD GEÖFFNET, SEHR BALD
ZUGESCHLAGEN.

Testperson ZUR STIMME: „Ihr seid Abschaum! Ihr seid das Aller-
letzte an Mensch! Seid ihr noch Mensch??!!"

Stimme: „Wir sind wir …!"

Xxx Freund der Schwester: „Hallo, Liebste, wo bist du denn?!"
LAUTES GETRAPSE IN DER DIELE ZWISCHEN DEN ZIMMERN:
Testperson und Xxx treffen aufeinander.

Xxx SEHR IRONISCH UND GUT GESTIMMT: „Hi and hallo, mein
Lieber!"

Testperson: „Mit dir spreche ich heute nicht!"

DIE TÜR DES ZIMMERS FÄLLT HINTER DER TESTPERSON LAUT
INS SCHLOSS.

ECHO-RAUM

Erzähler BEGINNT, HELLE STIMME: „Diesseits der Welt, Welt,
Welt, Welt … wo die Böden zerrissen, die wollenen Decken über
Kahlköpfen oder wuscheligen Köpfen zerfetzt, Seele und Geist

ungesittet-pervertierend durcheinanderfliegen, alle Materie nichts mehr als ein zäh fließender Fluss in der Zeit ist, sind kein Sohn, keine Tochter der Menschen gegen die Unwägbarkeit und totale Ungewissheit des Geheimen gewappnet, das sich geschickt entzieht. Es kann sich einer hohen Effizienz trotz der Unsichtbarkeit seiner Aktionen rühmen! Man kann ihm absolut alles unterstellen – jede Entmenschung, mehr denn je – jede Rücksichtslosigkeit, Gemeinheit, mehr denn je – jede Manipulation in Politik, Wirtschaft oder anderswo, mehr denn je!
Weil es aktuell und konkret gegenüber Staatsbürgern zu nichts verpflichtet, zu keiner Auskunft oder Rechtfertigung oder Offenlegung, auch nur simplen Begründung ist, jedoch ins Privatleben und ins öffentliche Leben (der Politik und der Verwaltung, Wissenschaft) eingreift, bedeutet es die Aushöhlung, d. h. die Degradierung dieser Gesellschaft – und ihrer Exponenten zu Personen, denen keiner mehr vertrauen kann, da sie jederzeit selbst Manipulationen ausgesetzt sein könnten."

TOTALE STILLE.

DANN: MEHRERE KUGELN AUS STAHL FALLEN AUF EINEN KACHELBODEN. KRACH.

Ohne Begründung

In demselben Zimmer, es wird gefrühstückt.

Xxx Freund der Schwester MORIBUNDER TYP. LEICHT AUS DER WELT. FAUL UND UNEHRERBIETIG - TRITT PLÖTZLICH HINZU.

Testperson AUF EINEM STUHL, ALLEIN UND NOCH MÜDE. LINKS DER KLEINE TISCH. AUF IHM DAS FRÜHSTÜCK.

Testperson NOCH MÜDE IRONISCH: „Uuaa. Mir geht es super! Ich sehe eine blendende Zukunft vor mir! Es könnte nicht besser aussehen, eh! Das hätte ich ja vor Jahren mir nicht einmal erträumen können, muss ich gestehen - !"

Stimme LAUT: „Interessant!"

Testperson: „Tag, Xxx!" ER HAT SEIN MESSER FALLEN GELASSEN. GERÄUSCH.

Xxx Freund der Schwester SETZT SICH DAZU: „Mir geht es nicht so gut! Ich könnte wieder einmal kotzen! Gleich muss ich zur Arbeit gehen. Scheiße! Ich könnte mir Interessanteres vorstellen!"

Testperson: „Und ich hänge hier rum!" ISST LAUT SCHMATZEND BRÖTCHEN, SCHLÜRFT KAFFEE.
HUNDEGEBELL IN DER NACHBARSCHAFT. EIN AUTOMOTOR WIRD GESTARTET.

Xxx Freund der Schwester sagt vorlaut: „Gleichgültig, gleichgültig bist du mir nicht? … wenn es weiter nichts ist!? - Ich könnte diese Stimme morden, just wie du, darin sind wir theoretisch alliiert, doch kann ich keine praktische Hilfe sein. *Diese* bestimmte Fiktion hat dich gepackt, *sie* schleudert dich aus den Gewohnheiten heraus, die du einhalten solltest! In diesen Stunden ist die Macht auf ihrer Seite, kein Fluss trennt uns von ihnen, nur die Luft. Das ist dramatisch!"

Schweine WILD TRAMPELND: „Boooobooooboooo, seeeeiiii! Die Kulturnorm ist am Ende. Die Kulturnorm ist am Ende! Alles geht flöten. Weil es *sie* gibt, werden Menschen zu Wracks, die nicht einmal verschrottet werden können!"

Ein hämisches Geflüster erobert das Zimmer, in dem sich die Stimme und die Testperson, außen vor: der Freund der Schwester, aufhalten.

Anschließend die Stimme LAUT UND BEHERRSCHEND: „Das hat jetzt angefangen. Ein Zurück gibt es vorerst nicht mehr! Wir haben immer Recht, nur wir haben immer Recht. Wer uns nicht folgt, der folgt uns nicht. Er muss die Konsequenzen tragen. Prompt - und da gibt es gar nichts! Widerstand kennt man bei uns nimmermehr, denn High-Tech macht es möglich, denselben völlig auszuschließen!"

Xxx Freund der Schwester EMPÖRT: „Nicht einmal zeigen müssen sie sich! Das macht es ihnen sehr bequem. Verantwortung übernehmen sie doch sowieso nicht … Käme eine Person an, so wäre sie gemein und die Niedertracht entflösse ihrem Handeln. So aber ist es allein die Stimme, ist es die Vielfalt von Geräuschen, die so drücken, die drückend – erdrückend sein sollen und enervieren sollen! Keine Frage!"

Stimme GEMEIN UND VOLLER HÄME: „Gelobt seien wir, denn schließlich sehen wir nur unsere Interessen! - Das ist einer, der sich erdreistet hat … gelobt seien wir! … uns einzuspannen in die Unwägbarkeit seines abzuschließenden Lebenskästchens, das wir nicht kennen, er nicht kennt, keiner zu kennen scheint. Weiß er … IRONISCH … , dass er uns eingespannt hat? Hä? Er soll funktionieren, das schuldet er … wem? Uns? Vielleicht. - Sind sie da, Testperson?"

FRÜHSTÜCKSTISCH STÜRZT UM, LAUTES GERÄUSCH.

Xxx Freund der Schwester verabschiedet sich laut mit einem: „Tschüüüsss!"

Testperson LAKONISCH: „Ja, bis dann!"

Weiter Testperson NIEDERGESCHLAGEN: „Ich habe niemanden beauftragt! Ob ich funktioniere, das wird sich herausstellen. – Ich wese mich konsequent an, an mir liegt das Wesen, Wesen … Wissen wir denn etwas auch nur der Wahrheit Angenähertes? - Schuldig bin ich keinem etwas. Ich bin der einzige Unschuldsengel in dieser Gesellschaft. Nur ich bin rein. Nur ich habe einen mitmenschlichen Gehalt. Und nur ich kann noch die Wahrheit vertragen, ohne Gewissensbisse zu haben. Ich, nur ich habe noch einen Wert."

GELÄCHTER IM TREPPENHAUS. MENSCHEN KÖNNTEN LAUSCHEN.

Stimme EINTÖNIG GELANGWEILT: „Das ist richtig. Sie haben keine Gewissensbisse, kommen sich sehr wertvoll vor. Sie sind es auch in der Tat!"

Testperson HERRISCH: „Wurden sie beauftragt? Wenn ja, von mir oder von anderen, wovon ich nie etwas wusste oder nichts mehr wissen kann, weil es ins Unterbewusstsein abgesunken ist?" –

DIE SCHWEINE QUAKEN WIE FRÖSCHE, - FRÖSCHE SPRINGEN LAUT HÖRBAR IN DEN RAUM; DER RAUM SCHEINT SICH ZU ERWEITERN …

Testperson: „Tja! Wahrscheinlich haben sie mich eigenmächtig ausgesucht."

Stimme WILD: „Die Vorgesetzten müssen sich etwas dabei gedacht haben, dass sie diese Person ausgesucht haben. Er hat uns geholt!? Hat er uns geholt!? Kommandieren und manipulieren können wir nun wirklich auch, tun es: Gründe benennen wir keine, aber als sicher kann gelten, dass er eine Eignung aufweist, die selten ist, weshalb wir hierher beordert wurden!"

Ein großer WUMMS.

In demselben Zimmer, es herrscht Angst vor.

Erzähler ARROGANT GESCHWÄTZIG: „Jetzt ist es aber Schluss mit dem ganzen Unsinn! Hier … dürfen keine längeren Sätze, die Auskunft über reale Gründe, Einstellungen, Haltungen, Zusammenhänge, überhaupt rational Ableitbares geben, von Seiten der Stimme geäußert werden, weil dies den Test – und ein solcher ist es – ad absurdum führen würde. – Wahrheit ist falsch! Wahrheit ist hier gewisslich völlig falsch! Es geht darum, die Testperson in totaler Unsicherheit über die Lebensgeschichte und dieses gegenwärtige Gewusel in Kopf und Außenwelt zu belassen und fortwährend neue Unsicherheiten, die die Ungewissheit aufrechterhalten, zu erzeugen."

Stimme WILD: „Wild, wild, wild blüht der Enzian! ... wenn ein Röslein schwankt und die Knospe erkrankt! Wir sagen ja nichts. Wir sagen ja nichts. Wir sagen ja nichts"

GELÄCHTER IM HINTERGRUND

Nochmals ein großer WUMMS.

Testperson BERUHIGT: „Die unterliegen Vorschriften, die sie einhalten müssen. Das ist schon einmal beruhigend. Es ist deutsch, vielleicht ... ist es ein deutscher Dienst am Individuum, der mir widerfährt!"

Erzähler GESCHWÄTZIG: „Stimmt. Stimmt. Stimmt. Darauf sollten sie sich beschränken, liebe Stimme!"

Geräusche: „Aaaaaaaaaaatschiiiiiiiii!"

JETZT HAT DAS SUMMEN EINES VIBRATORS EINGESETZT. ES DURCHSTÖßT DIE SPANNUNG.

Stimme LAUT VERKÜNDEND: „Es handelt sich um eine Maßnahme!"

Testperson LAUT MIT IRONIE: „Das hätte ich überhaupt nicht angenommen, ehrlich. Aber was sie gesagt haben, könnte auch falsch sein, wo doch alle Wahrheit falsch ist, sein soll ...?"

Stimme LAUT SCHREIEND: „Sie haben es erfasst! Ich gratuliere ihnen! Aber dürften noch weniger reden!"

Erzähler SCHNELL: „Allerdings: Jetzt halten sie sich gefälligst daran, sonst sprengt das dieses Hörspiel, sie Idiot! Der Realismus fehlt dann nämlich zur Gänze, dies kann nicht angehen!"

Ein großes LOCH. LEERE.

Nun geht man ins Freie, wo die BIENEN SUMMEN, KATZEN MIAUEN und HUNDE BELLEN.

Erzähler MIT BEÄNGSTIGENDER SACHLICHKEIT: „Los geht's! Wir füllen die morschen Regalwände der Historie mit einer weiteren Idiotie … --- Die Testperson ist in einer Fiktion, die ganz neu für sie ist. Menschen, Fremde wie vertraute Personen, werden grundlegend in Frage gestellt, weil sie sich plötzlich in ganz anderen sozialen Rollen offenbaren. Die Gesellschaft ist eine untergründig gewandelte - … Kriminellen-Fraktion und K-Fraktion haben ihre erklärten Anhänger! In der sogenannten Kriminellen-Fraktion haben sich die Anhänger und Vertreter des überall vorhandenen, weltweit agierenden Untergrundes versammelt. Sie teilen sich die Macht mit der K-Fraktion, die die Guten aufnimmt, die Wohlmeinenden und Gebildeten. Sie agiert absichtsvoll gemäß dem positiven Gesetz, wogegen die Krims negative Rollen im Untergrund neben ihren Rollen an der Oberfläche der Gesellschaft wie viele andere auch innehaben. Viele, ja die meisten derer, die sich damit auskennen und keine Fassengläubigen sind, bekleiden militärische Dienstgrade innerhalb ihrer Fraktionen.

DERSELBE VIBRATOR UND SEIN BETRIEBSGERÄUSCH.
DANN FLUGZEUGGERÄUSCHE.

VOM NACHBARGRUNDSTÜCK KOMMT DER ÄNGSTLICHE EILIG HERBEI.

Ängstlicher LAUTHALS NEBEN EINER PRALL GEFÜLLTEN TONNE MIT KLARSICHTFOLIEN, EINPACKPAPIER DER BESTEN SORTE, IN WELCHER ER AUGENBLICKLICH AM WÜHLEN IST: „Das ist es. Der Junge ist am Versagen. Muh, muh, muh!"

WEITER KLEINLAUT: „Ich glaube, der hat seine Situation gerade einmal wieder fehlgedeutet. Er muss durchhalten. Aber so richtig durchhalten sollte er lernen, wenn er es noch nicht kann. - Du Schwächling!"

TESTPERSON EILT ÜBER DEN SCHOTTER HERBEI.

Testperson WÜTEND: „Ich bin nicht so kleinlaut wie du, Miststück!"

Ängstlicher WÜTEND: „Das will ich nicht gehört haben, jetzt lerne endlich, dich anzupassen! Die Leute sind doch alle nett und zuvorkommend. Man muss sich nicht beschweren. Dieser Test dient deinem sozialen Aufstieg. Und wenn du machst, was die wollen, dann wirst du mal jemand. Bh, bh, bh …"

Testperson WÜTEND: „Da ist eine Stimme, die Stimme ist es, die mich nervt. Von irgendwelchen Leuten war nicht die Rede. Sie habe ich seit kurzem vergessen. Überhaupt ist alles in einem verrückten Fiktiven gefangen. – LAUTE POLIZEISIRENE! - Schwierig ist es nicht gestaltet: brutal und gemein, bestenfalls mehrseitig. Wo ihr steht, sind die Jäger, die Killer, die, die nur darauf warten, dass ich meinen Test nicht bestehe, indem ich ausraste und vor die Tür renne, wo sie nur darauf warten, um mich umzubringen. Ich wäre die größte Trophäe für sie!" JAU-LEN VON HUNDEN, POLIZEISIRENE DURCHSCHNEIDET DEN ÄTHER -

Ängstlicher BIBBERND, DISTANZIERT: „Der wird tatsächlich in dem Zimmer verbleiben, wo er sicher zu sein scheint. Na ja. Vielleicht versagt er doch nicht, es wird sich alles erweisen! - Wir wissen ja: Die Befähigungen der Testpersonen, die später-hin rausgeschmissen werden sollen, weil sie Objekte … ja Ob-jekte und nicht mehr sind, werden auf die Probe gestellt!"

Zurück in das Zimmer!

TESTPERSON EILT WIEDER IN DAS ZIMMER ZURÜCK. ÄNGSTLI-CHER HINTERHER …

Erzähler SACHBEZOGEN: „Aus dem Nichts wird ein dickes fettes Etwas! Aus dem Etwas wird ein dickes fettes Nichts. Ist das die Historie, die wir zu gebrauchen haben wie eine Harke, die im Regenerguss benutzt wird? – Hauptsache, er kriegt vorerst ge-nug zu essen, wofür gesorgt ist, wie ich annehme. Es wurden Vorbereitungen getroffen. Vielleicht wird er überleben?! Soll er dies denn?"

JAULENDE POLIZEISIRENE. ALLE SIND IM ZIMMER DER TESTPER-SON.

Ängstlicher NEUGIERIG: „Meinst du Junge, ob du überleben wirst?"

Testperson FRAGE IN DER STIMME: „Wie meinst du denn das? Solange ich hierinnen bleibe, kann mir kaum etwas geschehen!"

Ängstlicher neugierig: „Das kann aber nicht lange währen? So genau wissen wir auch nicht Bescheid, aber es könnte sein, dass sie dich faktisch rauswerfen oder wenigstens dazu bewegen. So oder so."

Und Ängstlicher HEULEND: „Mein Junge, mein Junge ...!"

Und Stimme HEULEN NACHÄFFEND: „Mein Junge, mein Junge!"

EIN KLIPPER AM HIMMEL.
Dieser Klipper stürzt hinter den sieben Bergen mit den sieben Zwergen laut krachend ab. Es ist jetzt am helllichten Tag recht leicht, zu wenig Aufmerksamkeit einem solchen Unfall zu schenken, weil all die Feinde da draußen in der Wildnis Groß-stadt zu sehr drängen. Sie haben keine Freude am langen War-ten.
WILDES DURCHEINANDER DER HILFSKRÄFTE, HILFERUFE USW.

ÄLTERER UND ALTER NÄHERN SICH, STELLEN SICH VOR DEM FENSTER DER TESTPERSON AUF.

Älterer und Alter LAUTHALS: „Wir wissen alles, alles und wirk-lich und tatsächlich alles! Ohne uns läuft nichts, wir sind die Gesellschaft! Bald werden wir ganz draußen sein - ! Ist doch so!"

Testperson IRRITIERT: „Was sind denn das für Typen? Kenne ich die?"

Älterer und Alter LAUTHALS: „Du kennst uns nicht wirklich!"
Testperson: „Die sind nicht wirklich, fürchte ich jetzt doch!"

Älterer und Alter: „Wir sind die Einbildungen!"

Testperson: „Ich wusste, dass es auch Einbildungen gibt!"

Älterer und Alter: „Stimmt!"

Stimme: „Es ist an der Zeit zu gehen, also gehe ich jetzt! - Was ich noch zu sagen hätte …"

STIMME GEHT LAUT AUFSTAMPFEND FORT: STILLE.

ÄLTERER UND ALTER GEHEN LAUT AUFSTAMPFEND AB.

Erzähler RUFEND: „Sie zeigen sich von ihrer mittelmäßigen Seite des Verstehens, - soweit sie es können, können sie es. Doch dies ist immer, auch jetzt, viel zu wenig! – Die Stimme hat Enervierungsmethoden drauf, verschreckt jeden, insbesondere die Testperson."

Testperson DEM ERZÄHLER INS WORT RUFEND: „Ja, ja. Ich leide!"

Erzähler SETZT FORT: „Wie lange dieser Test in seiner vollständigen Länge dauert, soll keiner wissen. Die Testperson hat keine Orientierung mehr am Gegebenen, muss sich an eigenes Arbeiten und an die Routinen der alltäglichen Verrichtungen und die Gewohnheiten des Verhaltens klammern. Bisweilen reflektiert sie über ihre Situation, es geht nicht anders!"

STILLE.

Im Zimmer der Schwester

Stimme
Die Stimme wird bald viele skurrile Geräusche auspacken, sie hat eh sehr viele zur Verfügung. Das ist die moderne Spitzentechnik. Die Fiktion lebt mächtig auf und hat die Testperson eingesperrt.

HINTERGRUND: LEISES GEREDE.

Erzähler LANGSAM HINZU – IM VORDERGRUND AUSUFERND BESSERWISSERISCH: „Er war nie so ein Siegertyp, litt unsäglich an seinen Skrupeln, Begabungsmängeln, seiner Schüchternheit und Kontaktarmut. Das Sprechen scheute er lange Zeit. Nackt erschien ihm seine Seele viel zu oft! Gesellschaftsfern hielt er sich auf. – Die mildumwehten Ufer seines Verstandes erstrecken sich von hier bis nirgends. Man spürt sie selbst, hat eine Identifikationsmöglichkeit, würde an ihnen gern anlanden, barfüßig auf ihnen spazieren gehen. Doch: Sie sind eng umsäumt von Meeresfrüchten, die gerade angespült worden sind. – Zweifellos gibt es Grenzen des Verstandes, die er auch erwähnt, weil er ihrer bewusst geworden ist. Aber er scheint sie selten aufzunehmen, um sie zu analysieren, wiewohl sie aus dem Paradies gefallen sein könnten. Es ist durchaus etwas romantisch!"

TÜR GEHT KNARREND AUF, WIRD ZUGEWORFEN.

Schwester LAUT FRAGEND: „Wer kommt denn da hereinspaziert?!"

Testperson SCHÜCHTERN: „Ich bin anwesend. Es gibt mich. Ich bin ein Mensch, ein Lebewesen. Pure Existenz, aus Fleisch und Blut! – Aber: Wer sieht mich? Wer hört mich? Keiner etwa …. Die Antwort muss ich als Beweis haben. Schleunigst. Nun, vielleicht sollte ich doch viel besser abhauen!"

Schwester WEIß BESCHEID: „Er scheut die Konfrontation mit einem anderen Verstand, obzwar er weder ein Rummelboxer noch ein Dummkopf ist. Flüchten nützt hier und heute gar nichts, Bruder! Denn alles Flüchten ist einfach falsch, weil unangebracht. Übrigens: Sie verfolgen dich überallhin, weil sie … ich weiß es nicht, es wäre aber möglich: Überall sind! - Soviel sei gesagt!"

Testperson VERÄRGERT: „Steckst du mit der Stimme unter ein und derselben Decke, he?! Das will ich wissen! Wieviel haben sie dir bezahlt, damit zu mitspielst, mit diesen üblen kriminellen Test-Fuzzies? Die mich mit Erinnerungen an meinen Werdegang, mit Geräuschen und akustischen Vorgängen einer grässlichen Außenwelt vollstopfen. – Sobald ich rausgehe, dann werde ich umgebracht, denn dort warten die Jäger! Stimmt das? Muss, muss ich unbedingt hierinnen verharren und meiner Arbeit nachgehen? Oder kann ich auch nach draußen? Sobald ich einen Grund habe oder Lust darauf verspüre?"

Schwester BESCHWICHTIGT: „Leider kann ich dir auf deine Fragen keine erschöpfenden Antworten geben. Eigentlich hätte ich gar nichts äußern dürfen. Denn es ist gegen die Testvorschriften. Sollte ich weiter … Dann, ehrlich, könnte es mir an den Kragen gehen!"

SIGNAL: „Tataaa!"

Stimme KRÄCHZEND: „Jeder macht sie hier konfus! Jeder und immer! Aber, es muss klar sein, gerade das ist der Sinn des Unternehmens! Sie sollen kapieren, dass sie, unter höchstem Druck stehend, noch einigermaßen klar denken und handeln, auch arbeiten können!"

Testperson VERÄRGERT: „Wer hat sie dazu ermächtigt, das abzuhalten? Werde ich umgebracht, wenn ich rausgehe oder Fehler mache, zu flüchten versuche? DAS kann doch alles nicht ganz wahr und real sein! Es ist eine neue barbarische Realität!"

Stimme GLEICHMÜTIG: „Reden ist Silber, Schweigen ist Gold. In ihrem Fall ist das Reden eher schweres Blei, worüber sie noch froh sein können. Diese Situation haben sie noch nicht erfasst.

Schwester HERAUSGEHEND, WÄHREND SIE VOM BRUDER EIN WENIG FLEHENTLICH ANGBLICKT WIRD: „Wir sind doch alle Verfolgte unserer selbst – nichtssagende Pharisäer aus der Retorte. Uns hat die Big Mama geworfen, als sie in Rom pissen war. Ganz nebenbei. Dies fiel ihr ausgenommen leicht." TÜR WIRD ZUGEKNALLT.

Testperson AUFGEBRACHT: „Ich glaube, mich überspringt so ein Känguru! Wissen will ich. Wissen brauche ich nun einmal zum Leben. Unerträglich ist's mir geworden, weiß nicht, wie aushalten dies und jenes, was mich überkommt: wurde kürzlich …

nicht bewegen zu dürfen, weil es mir als Vorschrift auferlegt worden ist. Nicht rausgehen, mich nicht bewegen, wenn ich Pausen mache und anderes mehr! Ständig werde ich beobachtet und abgehört! Wie soll ich das ertragen können ... etwa auf unbestimmte Zeit?!"

Schwester und Stimme GESPIELT GLEICHMÜTIG AUS DER DIELE VOR DEM ZIMMER: „Der ist ein Schauspieler!"

Stimme ERST LYRISCH: „Papperlapapp, Honigmonddenken. Feige ist er gewesen! Ein Tölpel war er öfters, ein Nichtstuer, Tunichtgut mit intellektuellem Fehlanspruch! Als Niete galt er, gilt er ...!"

Erzähler: „In einer Verwissenschaftlichung seines Redens unerfahren mangels Ausbildung zur praktischen Anwendung, wird er lauter und lauter, versucht durchzudringen, will endlich vollends bemerkt werden, ein Mensch sein – ein Mensch und Mitwirkender, auf den gehört wird!" SCHREIEND: „Ich benötige Liebe, doch dieser junge Mensch dort benötigt viel mehr als das, denn er ist ein Gezeichneter, ohne es so recht und gut wissen zu können. Auf einer Sterbeliste steht er!" UND RUHIGER: „Er wird geführt, viele warten auf ihn! Ist er sich dessen voll bewusst? Hierüber schon. Sonst weiß er im Grunde nichts, und in diesem Test wird er auf das zu Wissende äußerst unsanft gestoßen, wodurch Druck entsteht, eine Erbarmungslosigkeit des Gestresst-werdens, so dass er natürlich am liebsten ausreißen würde, als hierzubleiben, wiewohl ihm suggeriert wird, dass da draußen vor dem Haus, auf der Straße auch, Jäger auf ihn warten, um ihn abzuknallen, weil er der **Kn** sei, auf den sie Anspruch haben, wie sie behaupten. Tatsächlich: Er ist ein Objekt, ein Objekt!" SACHLICH: „Er ist das edelste der Objekte, die sie jagen dürfen. Als ein Freier ist er zur Tötung freigegeben und jeder darf ihn sich vornehmen! Nein! Jeder eben nicht! In seinem Zimmer sitzend, weiß er schon, jetzt jedenfalls, nachdem er schon tagelang durch Natur und Städtchen gejagt worden ist, dass man eine Genehmigung von ganz oben braucht. Erbarmen könnte jemand mit ihm haben, seine Mutter nämlich, die große K.. Was für ein Grauen! Was für ein Grauen! Vornehmlich diese Jäger machen sich nach 18 Uhr ein Jagdvergnügen daraus, Menschen wie ihm aufzulauern! Sie sind Tiergleiche."

Wochen später im Wohnzimmer

<u>Wochen später</u>
Testperson sitzt im Sessel.
Es gibt verschiedene fremde Stimmen und seltsame Geräusche oben in der Wohnung. Sie sind übermäßig vertreten, werden lauter, erzeugen Unsicherheit. Kontragebend-unfassbar.

Testperson MÜHSELIG AUSFORMULIEREND: „Hier sitze ich nun und bin ... ach Quatsch, doch nicht frei! – Dettmer und der Ängstliche, auch Harry ...: Diese Grauenvollen. Ich fürchte, dass ich mich verlieren werde, komme mir total kontrolliert und gesteuert vor!"

Stimme UNBEHERRSCHT SCHRILL: „Nun passen sie bitte auf, was mit ihnen passiert! Sie werden kontrolliert, es ist dies ein Test!"

10 SEKUNDEN DER STILLE

Stimme SCHRILL: „Das war eine Pause von 10 Sekunden. Es geht weiter. Der Test wird fortgesetzt. Sie haben sich umsonst die Hoffnung gemacht, dass er beendet werden würde … die letzte Ankündigung war eine Suggestion. Die Einsilbigkeit zur psychischen Beanspruchung durch Stimme und Geräusche wird jetzt stärker werden müssen. Aber über den TV empfangen sie zunächst noch Mitteilungen, sie können kommunizieren. Das ist es. Das ist es! Wir wiederholen uns ungern, doch ist das bei ihnen vonnöten. Dieser Test geht noch bis Mitte des Jahres."

Erzähler BETONT SACHLICH: „Testperson sitzt vor dem TV und glotzt die Morgennachrichten genüsslich. Währenddessen werden dumme Bemerkungen von denen gemacht. Selbstbeherrschung ist angesagt: nur keine Körperbewegung! Keine!"

Es ist die Stimme einer bekannten Fernsehansagerin vernehmbar: „Das heutige Treffen der Außenminister der EU fand in einem feierlichen Rahmen in Z. statt."

Ansagerin und Situation
Die Ansagerin ist ja niedlich anzuhören. Die Testperson fühlt sich ein paar Momente lang etwas geborgen und sicher. Sie weiß nichts, aber sie weiß. Sie ist verrückt, aber sie ist nicht verrückt. Sie hört etwas, aber sie hört auch gar nichts. All dies soll ihr so wenig wie möglich bedeuten, je weniger, desto besser. Es handelt sich um Inhaltslosigkeiten, die verwirren sollen. Gnade ihr, der Person! Immer schön ruhig und selbstkontrolliert bleiben!

Testperson AUFGEBRACHT: „Das erscheint alles krumm und manipulativ. Wo ist hier die Moral abgeblieben? Will man mich an die Grenze des psychisch Erträglichen führen? Wer führt

denn jetzt diesen Test durch? Man melde sich, weise sich gefälligst aus! Enttäuschend ist das hier und jetzt, wer weiß auch,
wie lange noch. Doch was kann man sonst machen? Kontrollieren, sich selbst kontrollieren --- leichter gesagt als getan! Draußen würde ich, fürchte ich jedenfalls sehr, getötet werden - !
Und deshalb verbleibe ich im Wohnbereich dieses Hauses und
trete nicht vor die Tür, was mir als eine Vorschrift sowieso an-
heimgestellt worden ist. Es gibt da solche Vorschriften …, schon
ziemlich irre das Ganze!"

Stimme HOCHHERRSCHAFTLICH: „So soll es auch sein, die gewaltige 100, ins äußerste Extrem verweisend, wo man sich noch
bei Verstand tätig seiend aufhalten könnte. Die große K. wird
sie weder besuchen noch mit einem Dienstgrad ausstatten, die
große K., wie sie sie zu kennen meinen, gibt es gar nicht. Machen sie sich nichts vor! Sie sind hier, allein mit sich selbst und
ihren Wahrnehmungen – und bleiben auch hier, so ist das!"

Testperson VERSUCHT SACHLICH ZU BLEIBEN: „Das ist interessant. Vorerst werde ich weitermachen. Meine Meinung könnte
sich aber ändern. Gefährdungen sind Gefährdungen. Derzeit ist
das Ausharren und ist das Arbeiten am klügsten. Ich versuche
alles zu ertragen, diese ganze bedrückende Situation, die üble
Stimme …"

Stimme BERUHIGT AUFATMEND: „Das haben sie aber schön
gesagt, hätte kaum angenommen, dass sie darin so gut sind. Sie
machen sich … Sie könnten es noch monatelang aushalten,
ohne die Nerven zu verlieren. Wir hatten da schon Waschlappen!"

Testperson ÜBERRASCHT: „Sie sprechen durch den Fernseher
zu mir … oder wo auch immer … wie auch immer … sie sind, wie
es scheint, überall! Dies würde mir keiner glauben, wenn ich zu

berichten wagte! – He sie da im Irgendwo, wollen sie nicht als ein Mensch vor mich hintreten und Rechenschaft über ihr Handeln und Sagen ablegen?"

Stimme MÜRRISCH: „Blödsinn. Blödsinn. Blödsinn. Sie haben ihre Lage noch nicht verstanden! Sie wissen nicht, worum es sich handelt. Das bleibt anonym, denn es soll doch ein Test sein, ein Test …" VERÄRGERT: „Haben sie es kapiert?"

DIE ATMOSPHÄRE IST SEHR DICHT: AUFGESPRUNGEN AUS DEM SESSEL IST NUNMEHR DIE TESTPERSON. KAFFEETISCH. ES ERSCHEINEN ÄNGSTLICHE UND ÄNGSTLICHER.

Ängstliche LAUTHALS: „Der Junge hat's noch nicht …!"

Ängstlicher NOCH VIEL LAUTER: „Der Junge hat's noch …!"

Stimme FAST SCHREIEND: „Der Junge hat es!"

Ängstliche und Ängstlicher haben es sich nun am Kaffeetisch bequem gemacht und dürften vieles mitansehen und mitanhören. Die Gedanken der Testperson hören sie jedoch nicht, doch jetzt überschlagen sie sich – auf die ganze Testdauer hinaus – an blödsinnigen Äußerungen, nervösen Betätigungen, Sprüchen und Ermahnungen. Sonst schweigen sie sich gern aus. Anlässlich dieses Tests sollen sie auch durch zwischengepresste Worte und schnippische griesgrämige Bemerkungen auf sich aufmerksam machen und Druck ausüben.

Testperson VERÄRGERT: „Er weiß nichts! Nichts! … ich!"

Ängstliche HÄMISCH: „Der ist doch absolut lächerlich, K. ist gar nicht interessiert! Die bleibt dort, wo sie hingehört: Nirgends."

Ängstlicher HÄMISCH: „Schwul ist er nicht. Er ist nur träge."

Ängstliche HÄMISCH: „Ich liebe dich wirklich nicht, du … der du getestet wirst! Deine Mutter bin ich ja auch nicht, damit du es endlich einmal weißt! Wie oft soll ich es dir noch sagen?!"

TESTPERSON SPAZIERT IM WOHNZIMMER UMHER, FÜHLT SICH UNWOHL. DIE ANDEREN STEHEN SINNLOS IM RAUM.

Testperson ÜBERZEUGT: „Gegen euch habe ich was!"

KURZE STILLE.
ÄNGSTLICHE UND ÄNGSTLICHER UNTERHALTEN SICH IN DER FOLGE RUHIG UND LEISE MITEINANDER.

Stimme: Sie murmelt leise ganz Unverständliches.

Weiter Testperson: „Gegen euch werde ich mich jederzeit ver- schwören. Ich kenne euch nicht, aber ihr seid mir Feinde und Todbringer in einem, Verwunschene, die täuschen und somit verderben, denen man nichts beweisen kann, wenn sie Leichen, irgendwelche, … ja irgendwas hinterlassen haben! – Die sind ausgewiesene Schlimmlinge und hintergehen professionell. Sie belauschen und observieren mit allem, was geht. Sie glänzen vor Unaufrichtigkeit und Lügenhaftigkeit."

Stimme LAUTER, GUT HÖRBAR: „Ach ja!?"

Weiter Testperson LAUTER: „Ihr seid diejenigen? Ihr seid dieje- nigen? Ja doch, leider, muss ich immer wieder feststellen. Ich bin von euch überrumpelt worden. Irgendwie habt ihr es geschafft, mich zu überrumpeln! Indem ihr solch einen Test durchführt, erledigt ihr wahrscheinlich eine läppische Arbeit, reine Routine, im Grunde nichts Weltbewegendes, doch für mich ist es sehr bedeutend. Weil ihr mich behandelt, behandelt ihr mein Leben, alles, was sich darin aufhielt, sich aus demselben entwickelt hat ... Wisst ihr, es würde mir kein moralisches Problem bereiten, euch persönlich umzubringen! Es wäre gar das Heil für mich, weil eine große Befriedigung!"

Stimme SACHLICH: „Unausbleiblich ist es bis heute, es wird dies für die nächste Zeit auch so bleiben."

Testperson LEICHT ANGESÄUERT: „Unausbleiblich, unausbleib-lich. Jetzt antworten die auch noch! Diese Hunde des High-Tech, räudige Köter als Boten aus einer schrecklichen Welt, in der es nur Big Brother noch gibt. Und alle Menschen ..."

Stimme: „Du hast nichts kapiert. Gesagtes ist Unausgegorenes, aus dieser speziellen Situation Geborenes!"

Testperson VERÄRGERT: „Schwachköpfe, hinterlistige destruk-tive Schwachköpfe seid ihr! Euch sollte man auf der Stelle er-schießen ... gleich komme ich zu euch auf die Arbeit!!"

ÄRGERLICHER KOMMT HINZU.

Ärgerlicher: „Der ist nicht mein Sohn! Dieser Mann ist nicht mein Sohn, ist ein Unbekannter – gezeugt aus der Retorte. Er soll der K.-Nachfolger werden ---"

Stimme SACHLICH: „Das ist längst gegessen. Man wisse einfach: Einst war er das Pflegekind dieser Familie. Bei spießigen Nie-manden aufzuwachsen ist anempfohlen worden, damit er durch Anonymität nicht als K.-Nachfolger erkannt werden kann!

Ängstlicher: „Du bist unser Sohn, Sohnemann, Sohnemann …!
Du bist mein Sohnemann, S … S!"

Testperson ETWAS ENTRÜCKT SPRECHEND: „Die wollen mich
auf auf auf diesen Vulkan setzen und dort belassen. Mein Leben
steht auf dem Spiel! Was soll das alles? Warum gibt es diese
verrückte verschobene Welt unter der Welt, eine bis dato bestimmt unbekannte Unterwelt … diesen Untergrund im Irgendwo!? Nicht nur Fantasievorstellung oder Einbildung, nämlich
auch eine wahre faktische Welt der Schatten - ? – Es plagen
mich immer wieder extrem abartige Erinnerungen. Eingebildet
oder nicht …"

Stimme: „Der begreift rein gar nichts!"

Testperson: „Ich sollte K. wegen des Code-Worts einmal persönlich anrufen."

Stimme: „So so!"

Und weiter Testperson SACHLICH: „Wie sollte ich sonst an dasselbe herankommen, zumal ich kaum noch schlafen kann, kaum
noch imstande bin, einen klaren Gedanken zu fassen?"

Stimme LEICHT ANGEÖDET: „So so!"

Und weiter Testperson SACHLICH: „Ich hatte einen Durchbruch
des Code-Wortes und hätte fast einen Zusammenbruch erlebt.
Kaum zu fassen, was?! Wenn dies fehlt, treten die Gedanken
aus und werden alle im Zimmer hörbar." VERZWEIFELT: „Lange
halte ich das nicht mehr aus, bestimmt! Denn jeder kann dann
hören, was ich denke! Jeder! Man soll nicht wissen, was ich
denke, was ich gedacht habe, denn ich weiß nicht, wie lange sie
schon hier sind und mich abhören. Alles gestaltet sich zuneh-

mend problematisch, ja vernichtend – es wird mich noch schaffen!"

Stimme ANGEÖDET: „Sie sind ein Nichts-Begreifer, so!"

Testperson: „Mir selbst erscheine ich wie ein Überlebender, ein Rhinozeros, dem man noch ein Stück Leben geschenkt hat, um sich zu bewähren. In diesem Test soll meine Belastbarkeit getestet werden und ich soll nicht unbedingt sterben … Es wäre gegen die Interessen, wäre gegen die Interessen der wahren Mutter K.! – Soll ich jetzt K. wegen des Code-Wortes antelefonieren, bevor ich noch einen Code-Wort-Durchbruch habe und ich einen Zusammenbuch erlebe?"

Stimme: „Ha!!"

Weiter Testperson: „Ich muss bald einen Entschluss fassen. Den genauen Zweck des Testes und sein Ziel kenne ich sowieso nicht! Kurz, so vieles liegt im Argen und flattert durch meine Psyche vor allem in Form von Erinnerungen, dass mir das Leben hauptsächlich als geistiger, aber auch alltäglicher Dschungel mit vielen Gefahren erscheint!"

Stimme: „Sie begreifen rein gar nichts!!"

Testperson: „Erhalte ich das Code-Wort endlich, dann werde ich niemanden anrufen müssen. Was ist denn nun?"

EIN AUGENBLICK DER STILLE.

Dann weiter: „Keiner kann mir helfen, keiner! Ich bin ein Mensch, der gefangen wurde und dazu benutzt wird, Experimente durchzuführen. Oder ich soll als Mensch auf besonders gerissene Weise verhöhnt werden ... So etwas erlebe ich zum ersten Mal und will ich keinem zum Nacherleben anraten, es ist eine unfassbare Grausamkeit darin, sich körperlich lediglich minimal bewegen zu können! Von allen Seiten attackiert zu werden, und würde man ins Freie gehen wollen, von Mördern erwartet zu werden!"

Stimme GANZ SACHLICH KÜHL: „Das ist nur ein Test. Sie haben ihre Situation noch nicht verstanden."

Ängstlicher mit der Ängstlichen: „Du bist ein Kind aus der Retorte!"

ZURÜCK GEGANGEN IST DIE TESTPERSON ZU IHREM BETT. SIE LEGT SICH AUF DASSELBE UND DÄMMERT ETWAS.

Geräusche: „Brrrhhhmmmhhh zick zack zick zack zick zack."

Stimme: „So, den hätten wir wieder unten, - gucke sich den mal einer an!"

Testperson: „Jawohl, da ... huch ... ist es kalt hier, gleich packe ich mich ein ... werde ich beobachtet ..." DENKT SICH JETZT: *„Die haben mich in ein unsichtbares Gefängnis gesteckt, ein Test-Gefängnis, aus ... aus dem gibt es kein Entfliehen. Sie sind ... sie sind immer anwesend! Immer, kaum zu glauben, aber wahr. Mehr könnte man mit Gewissheit nicht mitteilen ... Scheiße ... Scheiße. Jetzt denke ich schon wieder."* LAUTES BETTKNARREN.

Erzähler SACHLICH LAUT: „Testperson hat sich ins warme Bettchen begeben und hat sich zugedeckt. Grauenvolles passiert in seinem Gehirn. Geräusche seiner Schwester und des Freundes der Schwester beunruhigen ihn. Alles, wirklich alles ist aus den Fugen geraten. Trotzdem tut er weiterhin so, als hätte sich nichts verändert. Soviel Intuition, doch es war auch eine Vorschrift für den Test. - Er soll so weit wie möglich seinen gewöhnlichen Leistungsanforderungen an sich selbst entsprechen und übliche Verrichtungen ausführen. Bloß keine Panik! Nur keine Flucht in Erwägung ziehen!"

Stimme: „Guck' dir den an, der schaltet gleich die Glotze an!"

Erzähler: „Er ist tatsächlich ein Gefangener, aber ein außerordentlicher. Wenn er wüsste … Wenn er wüsste … So könnte er vielleicht einmal in Wochen, Monaten sagen:
--- `Verändert sich etwas? Aha … Ich habe einen Sender im Magen, das war eine Fiktion. Das war eine verschissene Fiktion! Sie wissen, was ich denke, denn sie lesen mit dem Sender meine Gedanken! Es gibt keine Jäger oder Killer. Obschon … ich entsann mich genauestens, sah es vor mir, nahm es wahr und, vermeinte mich in eine neuartige, höchst befremdende Realität gesetzt, die mir feindlich gegenüber stand.´ ---
Dieses oder ganz ähnliches könnte er zu sich sagen, aber still und ohne auszurasten, denn er wüsste dann wohl gewisslich, dass es am wichtigsten ist, die Nerven beieinander zu halten, damit er nicht durchfällt!"

Stimme: „Er ist ein genialer Denker. Denn er … ja er, er denkt so laut, so so so laut."

Testperson: „Blödes Arschloch! Dich werde ich auch noch kriegen! Mit Typen wie dir werde ich fertig!"

Stimme aus dem Fernseher LAUT GESTELZT: „Du hast ja keine Ahnung gehabt. Wir haben dich schon lange in Behandlung. Der Test ist er Abschluss. Den wirst du bestehen. Oder? Der Sender in dir lässt uns wissen, was gedacht und auch was gefühlt wird.

– Jetzt: Fiktion beendet. Es gibt keine K., keine Jäger, keine Sonstwietypen."

Testperson SARKASTISCH: „Ja Göttchen, jetzt bin ich allenthalben frohgestimmt. Es ist mir lieber, dass es so ist! Friedlicher war alles einmal, klar! – Jedoch die Erinnerungen, die mir öfter durch das Hirn stürzen, sprechen von sexuellen Ausuferungen, die man mir angetan hat, als ich im Unterbewusstsein war. - Wäre ich in diesem Moment auf dem Bürgersteig vor dem Haus, egal wo, sie wären in mir und würden die Menschen der Umgebung sprechen lassen, wie sie wollen. Könnten alles in mir erzeugen. Gefühle, Erinnerungen, körperliche und seelische Beschwerden. Katastrophal. Katastrophal, ginge ich raus. Ich könnte zwar flüchten, doch sie wären allgegenwärtig, mehr als jedermann, den man wie sich selbst kennt!"

Stimme aus dem Fernseher: „Keine Ahnung. Keine Ahnung. Keine ..."

Testperson: „Wenn ich nicht bald meine Freiheit zurückhabe, gehe ich noch drauf. Fühle das Gefängnis von innen, fühle es von außen ... Es ist die Totalität des Eingesperrt-seins in mir, die die nicht weg will. Sie ist bestens installiert worden, von außen und von innen werde ich bedrängt!"

Stimme DIREKT AN DEN HÖRER DES HÖRSPIELS:

„Lieber Meister, sie haben so etwas selten gehört, wäre anzunehmen, und ich nehme es auch an, nämlich deshalb, weil es mir gefällt, schließlich bin ich hier der Oberspinner und was ich ausspreche, hat die praktischsten, vielleicht dramatischsten Auswirkungen auf diese Testperson – unvorhersehbare – und wird gehört oder nicht gehört, jedoch wirkt es sich auf Dauer immer als eine Belastung aus. Und diese Belastung, übrigens

vielfältiger als sie annehmen, weil auch in tausend Wiederholungen und durch noch mehr Stimmen – fremde Charaktere –
rübergebracht, macht die Testperson zu einem Menschen, welcher sich permanent umkreist fühlt, besonders fühlt. Welcher
mittels seiner Tätigkeit versucht, die Zeit zu nutzen, obwohl es
nur darum geht, die Zeit hinter sich zu bringen …. Erstaunlich ist
aber daran, erstaunlich und das richtige Verhalten, dass die
Testperson sich von nichts wesentlich abbringen lässt: sie muss
unter diesen verschärften Bedingungen, außergewöhnlich großen Belastungen, tätig sein und die Ziele zu erreichen suchen,
die irgend erreichbar sind. Die Umstände sind durch Vorschriften eingegrenzt, können nicht geändert werden. Alle Betätigungen werden nach unerfindlichen Maßgaben außerdem
durch Erinnerungen – Eingaben! – beeinträchtigt. Das hat bis
hierhin, wird auch weiterhin, die Einschätzung des Tests und die
Interpretationen von Handlungen anderer beeinflussen. Andere
Personen, die der Testperson begegnen, auch die regelmäßig
auftauchenden, handeln strikt nach Anweisung. Zumal gibt es
einen feststehenden, vermutlich chronologisch angelegten Ge-
samtplan ---- Eine zusätzliche wichtige Belastung ist die folgen-
de: Im Anschluss an die schon beschriebene Fiktion muss die
Testperson mit der von ihr selbst getätigten Annahme zurechtkommen, dass jede während des Tests vollzogene praktische
Handlung – nicht nur Erinnerungen, was schon belastend genug
wäre! – ins Unterbewusstsein eingegeben worden ist, wobei
diese Eingabe in früheren Zeiten anlässlich irgendwelcher Be-
gegnungen oder Situationen vorgenommen worden sein könnte. Vielleicht allerdings auch nur während des Tests selbst
durch unhörbare Einflüsterungen mittels High-Tech. Doch die
Testperson weiß eben rein gar nichts, das ist die hochbedeut-
same Tatsache: nichts. Zum Zweiten muss die Testperson die
Annahme ertragen, dass über eine unbestimmbare Strecke der
eigenen Lebensgeschichte eine psychologisch-
geheimdienstliche Behandlung vorgelegen hat, was … bei einer

Person mit niedriger Resilienz zu einer unvorstellbaren Panik führen würde. Die ist, für sich genommen, seelische Grausamkeit! Die Testperson weiß ja nichts, man stelle sich das vor!" Testperson zu der Stimme und zu dem Hörer: „Hochinteressantes Referat, werde es mir merken! Ich habe alles gehört. Könnte nicht interessanter gewesen sein! Und ich bin nicht überrascht, dass sie klug und gebildet sind, wissen, wie es um mich bestellt ist. Aber wie lange soll das alles hier noch dauern? Wissen sie, die Zeit hat mir nie etwas gesagt. Sie störte mich eigentlich immer mehr, als dass sie mich erfüllte. Auch diese sich langsam zerfasernde, stets beeindruckend stressende Phase an Zeit und Anstrengung macht mich unglücklich, unsicher!"

Stimme LAUT: „Du brauchst eine Frau!"

Testperson LAUT: „Schnauze, Klappe, Fresse! – Diese an meine Schläfen hämmernde Zeit, diese Vergeblichkeit der Vergänglichkeit des menschlichen Seins macht mich unglücklich und wahnsinnig. Aus diesem Grunde will ich alle Zeit ausnutzen! Panisch werde ich, falls ich nicht genügend ausnütze, mich elend fühle … mich frustriert fühle. In mir Ekel aufgestiegen ist!"

Stimme: „Du brauchst eine Frau, sie ist am Fenster, guck einmal!"

Testperson: „Keiner kann dort sein außer einem Lkw und ein oder zwei oder drei oder vier Katzen! Hiermit leiste ich mir ein Drops: ich lutsche und lutsche mich zur Verdrängung des Drucks vorübergehend in einen Siebten Himmel, im TV und in meinem Gaumen. Überall werden Menschen gefoltert, jetzt trifft es eben auch mich! Doch die Begründung mit Beweis fehlt!"

Die Schwester
Die Schwester gibt es auch noch, sie wohnt ganz in der Nähe.
Ab und zu schaut sie bei der Testperson vorbei.

SCHWESTER IST ZUR WOHNZIMMERTÜR GEKOMMEN, UM ZU
LAUSCHEN. DIE TÜR IST ANGELEHNT. SIE KICHERT ETWAS.

Testperson HAT DAS BEMERKT, SAGT: „Horche einmal, wer von
draußen reinkommt - !"

Dann Testperson IRONISCH: „Derweil folge ich einer sinnvollen
Beschäftigung neben der Glotzerei. Lebe nun mit Lust und voller Hingebung ans Wesentliche. Er fällt mir gleich ab. Ja. Ja,
sanft biegt er sich unter der Behandlung!"

Stimme MYSTERIÖS: „… alles hier, weil du von mir behandelt
wirst! – Ah, dieser Mensch, dieses Objekt hier, hat Vorstel-
lungskraft! – Eh, du brauchst doch wohl eine Frau!"

Testperson: „Die taugen nichts, diese Eingaben! Die taugen
nichts! – Aaah. Ohhh. Hiii! Es sind Eingaben."

Schwester IRRITIERT, LAUT: „Der spinnt ja wieder …!"

Weiter Testperson: „Oder es sind keine Eingaben. Eigentlich
sollten es Eingaben gewesen sein, weshalb dies in mir ein erin-
nertes Chaos ist! Ah ja, wer taugt denn schon etwas?! Tauge ich
etwas, es wäre zu beweisen, selbst das schon … Hinterhältige
Lügner gibt es überall, die ganze Gesellschaft ist von Lügen und
Lügnern durchsetzt! Greife man Menschen und Themen auf,
man findet die Menschheit im Abbruchverfahren ihrerselbst!"

KURZE STILLE.

Weiter: „Man schickte mir, wie mir scheint, Frauen vorbei. Sie sollten sich an mir verlustieren – als Eingabe für diesen Test. Na sowas auch, echt amüsant. Dafür bedanke ich mich gern! Das war wirklich interessant. Was für eine Seelenfolter – war es denn wirklich – war es denn die Wirklichkeit, bewusst erfahren!? – Schickte man sie mir, um es deutlich zu fragen, ja um mir nur diese Erinnerungen an Missbrauch einzugeben? Wenn, dann ja. Wenn, dann gewisslich so, wenn ich es recht bedenke. Ich soll glauben, jetzt glauben, missbraucht worden zu sein. Das ist stark!"

Stimme ZWISCHENRUF: „Das ist stark!"

Testperson: „Stärke durch Infamie, aber zu meinen Ungunsten, will ich sagen. Gleich heule ich …!"

Stimme ZWISCHENRUF: „Gleich heult er, in der Tat!"

Schwester MÜRRISCH LAUT: „Mit wem labert der denn die ganze Zeit? – He – aufhören!" SIE TRITT GEGEN DIE WOHNZIMMERTÜR.

Testperson: „Ich sage, was ich will!"

Schwester VERÄRGERT: „Wie?!"

Testperson SACHLICH: „Nun, Infameres könnte man sich nicht vorstellen. Aber, weitergehend waren sie real über mir … aaah … Oder ist es nur die Erinnerung, die irgendwann künstlich eingegeben worden ist?"

Stimme ERHABEN: „Was sie sich alles so vorstellen …! Dazu geben wir keine Auskunft. Das ist uns untersagt worden. Wir möchten dich nur leiden machen! Du sollst leiden, leiden, leiden! Darüber hinaus interessierst du uns einen Kehricht noch einmal!"

IRONISCH GESPIELTER TUSCH AUS EINEM BLASINSTRUMENT. TESTPERSON GEHT ZUM SCHALLPLATTENSPIELER UND LEGT EINE PLATTE AUF: „STARMAN" von David Bowie. SIE DREHT DIE LAUTSTÄRKE HOCH.

Testperson KURZ BEGEISTERT: „Das ist wahre Musik, Musik, Musik! - Die wollen mich an den Hammelbeinen kriegen, so vollends durchwühlen, dass ich zu heulen anfange, aber ich werde es nicht tun! Keiner wird es schaffen. In diesen Tagen ist es damit getan, dass ich sie verachte. Und ich werde sie sehr gut verachten, es wird mir eine innere Befriedigung verschaffen, die ... h ... ohne Nachschlag in Immer-Wiederholung vorkommt!"

IRONISCH GESPIELTER TUSCH.

DIE SCHWESTER WIRD UNRUHIG, POCHT SEHR LAUT AN DIE ZIMMERTÜR. NEBENAN WIRD EIN ANDERER POP-SONG GETRÄLLERT. SIE BETRITT NERVÖS DAS WOHNZIMMER ...

Stimme ARROGANT: „Nur eintreten, meine Beste!"

Testperson ÜBERRASCHT: „Wer ist da? – Ach du ...!"
Schwester: „Was ist denn bloß los hier? Stell bitte die Musik leiser, die Leute werden sonst noch verrückt!"

Testperson: „Ach ja ..." GEHT ZUM PLATTENSPIELER ... DIESER WIRD UMGESTOßEN.

Stimme IRONISCH VORTRAGEND: „Wisst ihr, alles kommt doch wohl von Herzen, dem bösen Herzen in dir, oh Freundchen.

Genuss steht an, steht an, steht an. So brutal und rätselhaft er war, so endlos wird er in dem Kopf weiter die erste Geige spielen, worauf man sich verlassen kann. Mitleid wird keines empfunden, Provokationen, himmelsstürmende Ironie und Beleidigungen, Monotonie entlarvender Äußerungen, Wiederholungen, Wiederholungen, Thanatos live, Ermittlungen."

Testperson ERHELLEND: „Ich glaube, dass ich komplett verrückt bin!"

Schwester IRRITIERT: „Falls das mit dir so weitergehen sollte, Junge! – Mit wem, verdammt, sprichst du denn - ?"

TESTPERSON SETZT SICH AUF DEN BODEN, GRÜBELT RUHIG SITZEND VOR SICH HIN. SCHWESTER STÜRZT VERÄRGERT AUS DEM WOHNZIMMER. TÜR KNALLT ZU.

Stimme: „Die Menschen, die einfachen Menschen ..."

Die Inspektoren

Harry und Dettmer, Inspektoren,
betreten das Wohnzimmer. Es wird lebendiger. Die beiden stehen am Rande und warten.

Im Wohnzimmer wird der Schreibtisch zurechtgerückt. Die Testperson setzt sich dann an denselben.

Testperson AM SCHREIBTISCH, IN DIE COMPUTERTASTATUR HAUEND: „Ich bin erschöpft. Alles ist sinnlos, doch ich muss durchhalten! Sie sind die Falle, in die ich nie treten wollte!"

Erzähler ERLÄUTERND: „Die Sache mit dem Sich-nicht-bewegen-dürfen ist vorbei. Die Testperson hat nun öfter ein künstliches Ohrensausen, mal stärker, mal schwächer. Es kommt, wie es will, ist ferngesteuert und völlig unberechenbar - wie alles hier! Die Stimme ist ja eigentlich viele Stimmen, auch irgendwo vor dem Haus, selbst eine direkte Ansprache am Ohr und weiter weg kommt mit hämisch nervenden Kommentaren vor. Zudem, erstaunlicher Weise: die eigenen Gedanken sind jetzt tatsächlich und real hörbar, wenn sie gedacht werden. Die vielen Stimmen übernehmen teilweise den Part der eigenen Gedanken. So kann alles besonders konfus machen. Jetzt noch kommt der Erinnerungsterror von innen, wird bleiben, wie zu befürchten ist, weil er die Lebensgeschichte völlig verzerrt, dies insoweit, als die Freunde und anderen Personen im Leben wie Marionetten erscheinen. - Erführe man es so, hielte man es für absurd. - Doch hat man Erinnerungen, ob Eingaben oder nicht — das ist dann nicht klar! Jedenfalls fühlt man sich verunsichert und könnte ausrasten, sucht aber selbstkontrolliert fortzufah-ren, weil das Ausrasten nie einen Sinn macht. Lieben und Lie-besspiele erscheinen wie Inszenierungen. Personen, von denen man etwas hielt, erscheinen wie Püppchen, die man durch Be-setzen ganzkörperlich und in allen Lebensäußerungen steuern konnte und kann. Man möchte es keinem wünschen, dies erle-ben zu müssen, aber es ist der Alltag, der hintertriebene Alltag, in dem es nurmehr darum geht, durchzuhalten. Alles besteht letzten Endes nur noch aus einem Durchhaltewillen und dem

Arbeiten. – Hin- und her rast es im Kopf der Testperson. An-
nahmen lohnen sich kaum mehr. Eine folgt der anderen. Einmal
glaubt sie, es habe alles erst vor kurzem angefangen, dann wieder glaubt sie sich lebenslang behandelt, beobachtet, abge-
lauscht, manipuliert, mit vielerlei üblen Suggestionen beein-
flusst, vielleicht mit Eingaben ins Unterbewusstsein manipuliert. Gerade dieses Letztgenannte ist eine Prüfung der Willens-
kraft, der Resilienz. Angesichts der geplanten Verwirrung, die
ihn, den getesteten Menschen, durchherrscht, ist er bereit,
allen Druck zu ignorieren. Aber genau dies ist problematisch!"

Testperson EIN WÜTERICH: „Das kann doch nicht sein! Ich halte
das im Kopf nicht aus!"

DENKT: „Die werden mich vielleicht umbringen, vielleicht auch
könnten sie vorbekommen, um zu sagen: das war ein Scherz,
nimm es leicht!"

Stimme INSISTIEREND: „Passen sie auf, was sie tun! Es kann sie
nur der Teufel reiten, der K-Teufel! Verhalten sie sich ruhig und
gelassen, je ruhiger und gelassener, desto größer stehen ihre
Chancen. Sie wissen nichts!"

Testperson BELEIDIGT wegen der Unterstellung, das nicht kapiert zu haben: „Sind sie der Staat?!"

Geräusche: „SSSSSSSSSSSSSPschhhhhhhhhhh! – Wir sind die
Geräusche, wir befehlen: Spsch! Genau. Genau. Genau."

Stimme: „Wir sind der Staat. Wir sind der Staat. Richtiggehend
heißt es: Nur wir können der Staat sein, der die Vertretung gegenüber dem Volke übernimmt. In ihm durchschleichend vertreten ist und überall! - … berall! Na gut. Fragen? Fragen, bitte?"

Testperson WEHLEIDIG: „Mir tut mein Ohr so weh!"

Stimme SACHLICH: „Wir haben keinen Staat, der wir nicht sein könnten, aber wenige sind wegen unserer Allgegenwärtigkeit, allgegenwärtigen totalen Unberechenbarkeit erfreut. Herrschen nicht wir, herrschen nicht wir? – Das Durchgreifen liegt uns ganz besonders!"

Testperson: „Verrückter, so ein übler Verrückter, Mafioso, der sich an mich herangeschlichen hat, ohne dass ich es merkte. Habe ich es ihm erlaubt, jemals erlaubt? … meine Ohren …"

Stimme: „Zu fragen haben wir niemanden um Erlaubnis. Zuallererst kommen wir, und dann kommt erstmal eine Lücke …!"

DIE TESTPERSON HAUT IN DIE TASTEN, TIPPT EINEN BRIEF.
HARRY KOMMT
DETTMER GESELLT SICH DIREKT ZU IHNEN.

Testperson: „Halte die Goschen, ich arbeite nun und kann Störungen nicht ausstehen! Das solltest du dir mal hinter die Ohren schreiben, Verdammungswürdiger!"
Stimme: „Du schreibst einen Brief an einen Freund, Freunde … ha, ha, ha! Bei Gelegenheit wird dir die Postzustellung ganz gestrichen werden. Was dich erreicht, ist erlaubt worden. Manches, davon kannst du ausgehen, wurde manipuliert im Hinblick auf das Ankomm-Datum. Organisieren wir dein Versagen, so bekommst du eine Menge Ärger!"

Testperson SEHR AUFGEBRACHT: „Ich kriege schon, was ich für meine Arbeit brauche. Und wenn ich es ein wenig später erhalte, so kann ich auch nichts dagegen machen. Schließlich bin ich in einem Gefängnis. Ohne Umschweife sage ich: so war es, so ist es. D e bisherige Dauer betrübt mich unsäglich. Die ist schon ein Happen, aber kein Appetit-Happen, glaube ich! – Wer sind die jetzt?!" HÄLT INNE, DANN AUSSCHAU ...

Harry LAUT, UNGEDULDIG: „Taaag!"

Dettme⸗ LAUT, UNGEDULDIG: „Tag auch! Hier sind wir richtig. – Hallo! Testperson Herr Hellauf?! – Er möge sich handzeichen-mäßig zu erkennen geben, bitteschön, aber sofort!"

Harry LAUT AUFLACHEND: „Hahahaha!"

Laut gellt ein langes Pfeifen auf: „Siiiiiiiiiiiiiiiiiiiiiiiiiiiiiiiiiiiiiiiiiiii!"

Testperson: „Affig. Rein affig. Muss mich drehen!"

Harry BEGEISTERT zwischen Bücherstapeln und einer verglasten Zeichnung: „Endgültig der Niedergang! Wenn man sich besonnen hat, mit einem seelisch verkrüppelten Menschen zusammengetroffen ist, der leidet, so könnte man eine intellektuelle Besinnungsexplosion erleben!"

Dettmer JUBELND: „Grüße dich, Harry! - Wer ist das? Vor einer halben Stunde habe ich Freund Friedrich Wilhelm verlassen. Die Götzen-Dämmerung habe ich in meinen Aluminiumkoffer getan. Mehr als einen Termin muss ich einhalten. Doch ich werde wohl alle heutigen Termine verpassen, wie ich befürchte. Es hat keinen Zweck! Wer ist denn dies nur? Ein Volltrottel? Bah .... er wird m ch die Termine verpassen lassen ..."

Testperson UNTERBRICHT DAS TIPPEN - WEINERLICH: „Oh, mir geht es schlecht. Ich habe keine Ordnung mehr in meinem Leben!"

Dettmer BESSERWISSERISCH: „Man kann einen Menschen mobilisieren oder manipulieren. Sie haben uns gerufen? Sagen sie, sind sie noch ganz bei Trost? Wegen …"

Testperson: „Gerufen?!" IST AUFGESTANDEN UND GEHT IM WOHNZIMMER UMHER.

Harry ZU DETTMER: „Ruhig Blut! Wahrscheinlich soll es keine Form des Neuanfangens werden, die jetzt, mittags oder auch nachmittags aufkommt. In Naumburg gehen die Uhren genauso wie in anderen Städten – die Nietzscheana wurde geschliffen wie die Mauern einer Feste, die zusätzlich in Flammen aufgeht. Sturm, Sturm!"

Testperson IST STEHENGEBLIEBEN, EMPÖRT: „Hat meine Ängstliche vorhin etwa Bullen gerufen, die hierhin zockeln, ohne sich … mit ernsthaftem Interesse und auch ohne Pflichtbewusstsein ausgestattet zu haben!"

Die Schwester
Die Schwester hat ihre Stereoanlage im Nachbarzimmer voll aufgedreht. Es ist schon spät am Abend - die Stimme ist ja, wie wir alle genau wissen, der Wächter, der über die Dummen, die Gefangenen und die Testpersonen zu wachen hat, wobei man nicht weiß, ob sie bewacht oder überwacht werden.
Es soll ein Test sein, nun denn, schicken wir uns …

Testperson EMPÖRT: „Ich habe die Schande zu erdulden, von einem Anonymus überwacht, oder, wie er betont: getestet zu werden. Dabei gibt er nichts von seiner Identität preis, außer dass er von dem Staat sein will. Doch von welchem? Er hat mir psychisch eingegeben, was ich in der letzten Zeit so mache. Das ist Freiheitsberaubung! Das ist der Straftatbestand der Nötigung!"

Stimme/Wächter: „Der wirft mir etwas vor. Vor wirft er mir was. Vor. Er wirft! Er wirft! Er wirft! Er wirft!"

Testperson GELASSENER: „Gerade hat er mein Leben bedroht. Er ist unberechenbar. Seine Ziele äußert er nicht, hat mich in seiner Hand und lässt mich nicht mehr los. Gestern wollte ich noch Selbstmord begehen!"

Wächter SCHREIEND, TESTPERSON KOPIEREND: „Gerade … hat … er … mein … Wir sind in keiner Folterkammer. Liebe Herren Kollegen!"

Dettmer und Harry ÜBERRASCHT ZUSAMMEN: „Wie denn wo denn was denn … Sie rückt uns näher! Sie zückt gleich das unsichtbare Messer, stürzt uns in ein blutrotes Gewässer!"

Testperson LEISER: „Eigentlich wollte ich längst in den verdienten Schlaf gefallen sein …, aber die halten mich davon ab! Diese Stimmen, dieser W … Er ist ein Todbringer, eine Kreatur mit der Totalherrschsucht!"

Dettmer und Harry ÜBEERRASCHT KLINGEND, INS WORT FALLEND: „Denn was denn wo denn wie. So so. Nie hätte man es für möglich gehalten. Wenn er ein Kollege ist, so stimmt etwas nicht. Nicht notwendigerweise verstößt er gegen das Gesetz, zumindest nicht eindeutig. Einen Auftrag hat er gewisslich – wenn er ein Kollege ist … wenn!"

Testperson EINDRINGLICH: „Der soll wenigstens einmal seinen Ausweis zeigen! Bedroht fühle ich mich. Ich war in einer Fiktion …. Der Druck ist ungeheuerlich. Größeres gibt es nicht! – Schrecken auf Erden, wie in dem Höllenfeuer!"

Stimme/Wächter GELASSEN: „In einer Folterkammer sitzt diese Person heute Nacht noch nicht. Und die Höllenqualen erlitt er nie! Aber es könnte dahin kommen … Scherz. Scherz. Möglich, dass er dagegen ist, dass ich hier bin, doch es hat mich nicht zu stören. Der Auftrag liegt für mich offen dar. Er soll ja einen großen Druck haben, denn das ist der Zweck dieses Testes: er begreift das nur nicht. Begreift nicht, was der Grund für seine Lage ist! Seine Intelligenz könnte den Ansprüchen nicht genügen. Oder er ist verstockt, vermutlich hat er zahlreiche gegen meine Institution gerichtete Vorurteile!"

Dettmer FORDERND: „Das wollen wir meinen! Ja! … Sind sie von einem Staat geschickt worden? Können sie uns eine Legitimation vorzeigen? Es wäre besser, weil wir jetzt untersuchen müssen, was es mit seinem Hilfeersuchen auf sich hat!"

Harry MUTIG, IRONISCH: „Das muss nun einmal eben sein! Ausweis ist Ausweis, mit Ausweis läuft alles viel, viel besser!"

Stimme/Wächter SEHR IRONISCH: „… die Schatten in seinen Augenhöhlen. Natürlich ist er in einer miserablen Verfassung, doch … was soll es jetzt. Leiden muss er, leiden soll er. Mehr kann ich auch ihnen nicht mitteilen!"

Testperson: „Ohne jede Rücksicht: Tod. Tod. Tod. Hierzu gibt es keine Alternative, kritische Äußerungen führen einen zu dem Täter. Er ist ein besonders verschlampter schlammiger geheimerer Sicherer, irgendein Gestapoverschnitt. Es ging über Holterdipolter, über Stöckchen und über Rückchen. Nirgendher kam er, nirgendwohin verschlug es ihn. Rücksichtslos, rücksichtslos, rücksichtslos! Man nahm an, dass er bestochen worden ist, diese Wächterarbeit durchzuführen!"

Stimme/Wächter VOLLER EMPÖRUNG, SCHREIT UND WIRBELT: „Das geht nicht an, dass man uns so verfemt, wir sind doch auch nur Menschen!!!"

Testperson: „Menschen, dass ich nicht lache, äh! Das ist nicht zu lachen!"

Dettmer und Harry BESCHÖNIGEND: „Ja nun sollte man es objektiv zu betrachten versuchen. Scheißkerle gibt es allerorten, Übelkeit entsteht bei jedermann. Vorurteilshaftigkeit sollte man reduzieren! Verstanden, Wächter?!"

Stimme/Wächter ZUFRIEDEN: „Hmm."

Dettmer FORTFAHREND: „Aggressionen muss man kappen, wenn nötig ganz zurückschrauben, bis auf den Nullpunkt. Der Wächter sitzt da irgendwo und macht seinen Job, hat seine Vorschriften. Er darf sich, wie ich annehme, persönlich nicht zu erkennen geben, aber wenn er es könnte, so würde er es aus Sicherheitsgründen nicht tun. Vielleicht sagt er noch, von welcher Insti er kommt – höchstens! – Hat er es schon? Na, wenn … egal. Wesentlich ist: Der Test ist ein anonymer Langzeittest, der wirklich die Probe auf's Exempel sein soll. Als einer, der ein talentierter Täuscher ist, gebührt ihm der allerhöchste Respekt! Allerhöchstens!"

Stimme/Wächter GLEICHGÜLTIG: „Gleichgültig, wer ich bin. Ich sitze irgendwo. Und der Test wird wie geplant bis zum festgesetzten Endzeitpunkt durchgezogen. Damit muss die Testperson zurechtkommen."

Testperson IST AUFGEBRACHT: „Ausgerechnet ich! Wiewohl ich meiner köstlichen Malerei folgen wollte, bis in den Tod. Bis in den Tod. Habe ich mich jemals ausgezeichnet hierfür? Wer hat mich gemeldet, und wem hat man mich gemeldet? Das ist doch alles die Höhe. Oder nicht? … objektiv betrachtet, ist das eine unbegreiflich gewaltige und persönlich herabsetzende Unverschämtheit."

Stimme/Wächter GLEICHGÜLTIG: „Ermutigen kann ich dich nicht. Du hast keine Ahnung, keine Ahnung, keine Ahnung. Du hasst mich noch nicht! Das würde ich herausanalysieren. Der Sender sitzt in dir und notiert fast alles bestens!"

Dettmer: „Fügsam soll er aber nicht sein, wie? Also: Widerstand ausüben und Fügsamkeit sind falsch. Was ist richtig? Nichts? Ah, arbeiten. Tolles Unterfangen … Mitleid habe ich durchaus."

AM FENSTER DER KLEINEN TOILETTE. DIE TESTPERSON IST DEPRIMIERT. SIE HOFFT, DASS SIE BALD GLEICHGÜLTIGKEIT ERFASSEN WIRD:

Testperson SCHLUCHZEND, ABER NOCH COOL: „Bastard."

Stimme/Wächter SCHLUCHZEND: „Bastard."

In der Toilette

<u>Fortsetzung</u>
Sie hat es erkannt.
Gleichgültigkeit könnte noch etwas nützen. Ihr das Selbstbe-
wusstsein erhalten. Und sie will, dass sie endlich perfekt hassen
kann. Gleichgültigkeit ist wie das Hassen: nichts hat eine Le-
bensberechtigung. Insonderheit nicht mehr der Todfeind, derer
gibt es einige.
Denn eigentlich ist sie kein Mensch, kein unabhängiger Mensch
mehr. Ihr Wendepunkt ist nicht gekommen, wird nie kommen.
Seit einem nicht bekannten Zeitpunkt wurde sie missbraucht,
permanent genasführt, lächerlich gemacht - und nicht erst seit
Beginn des Tests!
Das ist es: Sie muss seit vielen Jahren, ohne es zu wissen, mit
diesen Wächtern auskommen, die sie skrupellos manipulieren,
ganze Suggestionskulissen aufbauen, ihr keinerlei Eigenleben
mehr lassen.

IN DER TOILETTE, AUF DER TOILETTE.

Testperson SELBSTGEWISS: „Alles ist gleich. Scheißdreck. Alle
sind gleich. Scheißdreck. Und einer ist gleicher als ungleich: TP –
er siegt, er siegt, er siegt."

Stimme/Wächter SEELENRUHIG: „Sie verhalten sich so, wie sie
es wollen."

Testperson RUHIG: „Was heißt das schon. Es kann wirklich alles
eingegeben sein. Ich hoffe sehr, dass ich euch hassen lehre!"

Stimme/Wächter RUHIG: „Danke. Du hast Ahnung, du hast sie!"

Testperson RUHIG: „Wir müssen euch vernichten, denn ihr habt unsere Leben zerstört! – Dürfen sie mit mir reden?"

Stimme/Wächter SCHNELL: „Leben, Leben … Haben auf euch aufgepasst! Auf dich, Leben!"

Testperson: „Jetzt habe ich provoziert - und der brave zuverlässige pünktliche und stets konzentrierte Wächter glaubt, auf mich eingehen zu können. Er bricht seine Vorschrift!"

Stimme/Wächter ARROGANT: „Tatsächlich. Er hat seine Vorschrift zu brechen, weil es ihm angewiesen worden ist. Was er tut, hat keine Gründe: was er tut, hat Gründe. Beredt war ich die ganze Zeit über! Es sollte so sein. Dieser Test wird bestimmt nicht abgebrochen, nur weil du mich provozierst, da müsstest du schon Selbstmord begehen oder, hier in der Toilette oder im Zimmer, nur noch in deinen Körperflüssigkeiten schwimmen!"

Testperson VERÄRGERT: „Du sollst nicht töten, du - ! Verräter-Bande! Eine Bande von Verbrechern und Verrätern seid ihr eben!"

Stimme/Wächter VÖLLIG GELASSEN: „Du kannst gegen mich nichts ausrichten, schließlich sind wir der Staat. Der Staat ist allbeherrschend, hat das Gewaltmonopol und kann mit jedem umspringen wie er will, weil die Verfassung einfach ausinterpretiert wird. Im Übrigen sieht und hört man uns nur dann, wenn wir das wirklich wollen. Unsere Technik ist beneidenswert hochklassig, da haben wir in den vergangenen Jahrzehnten einiges entwickelt und gekauft, was unsere Möglichkeiten vervielfacht hat. Und so sind wir imstande, buchstäblich alles und jeden zu hintergehen und unser Handwerk auszuüben!"

Testperson SEHR SCHNELL: „Das hört sich sehr beeindruckend an, beängstigend. Möchte annehmen, dass nicht alle Exponenten von Wirtschaft und Politik von euch durchmanipuliert worden sind! Aber die Grauzone des Rechts lässt sicher viele Spielräume, wenn man nur die technischen Apparate und den persönlichen Apparat hat, um Operationen durchzuführen, die unsichtbar erfolgen müssen. - Wo sind denn Harry und Dettmer?"

Stimme/Wächter NOCH SCHNELLER ALS SCHNELL: „Harry und Dettmer sind gegangen, hier hatten sie nichts zu schaffen mit dir, du Unwissender! … bezüglich obigem: Inständig wollen wir das hoffen, alle!"

Testperson TRAURIG: „Es wird sich fügen, dass ich mehr weiß als jetzt. Sollte es sich erweisen, dass ihr subversiv seid und Leute um ihr Leben bringt, werdet ihr in mir einen Todfeind haben. Harry und Dettmer könnten mir helfen, aber die brauchen Beweise für Ungesetzlichkeit, nehme an, sie informieren sich erst einmal gründlich, bevor sie Maßnahmen treffen!"

Stimme/Wächter: „Ja."

Testperson: „Was heißt ,ja'?"

Stimme/Wächter: „Ja."

Testperson: „Jetzt will er mich verarschen."

Stimme/Wächter: „Ja!"

Erzähler, der zunächst ein wenig brummig ist, dann hochherzig: „… die mickrige Glühbirne über ihm zerspringt, als er sich, verbittert, an sie herangemacht hat. Sonst ist es erstmal still, die

Vorsicht ist die Mutter der Porzellankiste. Aber er ist ungeschickt, so ungeschickt, ... kann nichts von nichts unterscheiden.
Das ist eingegeben. Man hat ihm das, was ihn schon immer an
sich selber störte, Mängel und Marotten, durch Bewusstbarma-
chung als eine Belastung eingeführt. - Eigentlich bildet er sich
das ein!"

ZU SPÄTER ABENDSTUNDE – UND NACHTS WIRD GESCHLAFEN,
KEINER LÄSST SICH STÖREN. NUR DIE KATZE IN DER NÄHE WÄ-
RE IRGENDWIE ANSPRECHBAR. SIE IST FÜR DIE TESTPERSON
MIT IHRER ART EINE WOHLTAT.
WEITER TESTPERSON WACH IN DER TOILETTE:

Stimme/Wächter: „Gleichgültig wird es ihm nie sein, aber er
wird arbeiten wie er immer gearbeitet hat. Hass - und wenn
schon!? Was macht das schon ...?!"

DIE TESTPERSON IST AUFGEBRACHT, FLÜCHTET ABER NICHT,
BLEIBT AUF DER TOILETTE SITZEN.
GERADE JETZT: DER FREUND DER SCHWESTER IST GEKOMMEN
UND KLOPFT.

Freund der Schwester MÜDE REDEND: „Hallo, bist du etwa
drauf? Ich muss mal. Wie lange soll das noch dauern? So ein
Zufall, dass ich jetzt auch muss ...!?"

Testperson LACHEND: „Na warte noch ein Weilchen, dann
komme ich mit dem Hacke-hacke-Beilchen!"

Freund der Schwester GROLLEND: „Soll das ein Witz sein? So
einen verstehe ich nicht. Wie lange soll ich noch warten, bis
morgen früh? – Hast du schon meinen neuen Mini-Mini-Scooter
gesehen, der fährt auf dem großen Tisch hinten im Zimmer, und

zwar, wenn man ihn per Hand aufgezogen hat. Genial, sage ich, genial! Preiswert war er!"

DIESES GESPRÄCH IST NICHTS WEITER. DIE TESTPERSON WILL IHREN HASS ENTWICKELN – ALS DAS HÖCHSTE ALLER GEFÜHLE!

Stimme/Wächter LAUT ZUM FREUND: „Alles ist okay. Er sitzt. Hier wartet und kackt er bis … vielleicht bis zum Beginn des Morgengrauens. Wahrscheinlich jedoch wird er gleich wieder aufstehen und ins warme Bett zurückschleichen. So geräuschlos wie möglich."

Freund der Schwester SELBSTLOS: „Ständig bin ich hilfsbereit, ich helfe immer und überall, jedem und jeder, aber wann, dies ist die Frage. Selbst wenn es Jahre brauchen sollte bis zur Hilfe-leistung, helfen will ich jedenfalls!"

Testperson FLÜSTERND: „Nötige mir ein Momentchen ab, da-mit ich eine perfekte Entleerung bewerkstellige. Warte! Warte! Du …" NOCH LEISER: „Die Familie macht mich noch ganz krank. Ich habe keine Aussichten, solange ich die bei mir habe. Wenn es Zeit ist, gehe ich. Und ich warte auf den Augenblick des Ab-springens!"

FREUND DER SCHWESTER GEHT, ANDERE BLEIBEN IN DEN RÄUMEN EINFACH LIEGEN ODER SITZEN:

Erzähler VERGRÄTZT: „Ich hätte es ahnen müssen, diese ganze Menschheit … alle, alle, alle … , die in diesem häuslichen Uni-versum zusammengezogen worden sind, wollen ihm einen Strich durch die Rechnung machen. Er soll leiden und er weiß nicht den Grund dafür. Soll Übelkeiten, Verletzungen der Seele, Niederungen des Empfindens haben, eine Schande nach der anderen erleiden, dennoch der diffizilsten Tätigkeiten frönen, so tun, als wäre kaum etwas im Gange. Der Anschein soll sich selbst tragen, gewissermaßen: nichts noch sicher sein können! – Morgens, wenn er aufwacht, wird er eine Nacht der Schwachsinnigkeiten hinter sich haben und das Lachen im Halse steckenbleiben. Im Radio hört er jetzt, während er auf dem Klo sitzt ...“

Ein Lied: „She loves you, yeah, yeah, yeah ...!“

Stimme/Wächter AUS DEM ENTFERNTEN: „Ewiglich tönt der Aasgeier über ihnen, den Gefangengesetzten und lässt sie nicht zur Ruhe kommen. Seine Laute sind typisch und täten jeden nerven, noch bevor er auf seinem Aas-Fund gelandet ist!“

Testperson GELASSEN, BESCHWINGT: „Ich darf fortsetzen? – Nunmehr frisst er das Aas und schlingt und schlingt und verschluckt sich an demselben. Er fährt hoch und ... Gut gemacht, Wächter! Alter Hurenbock! Du Schamtäter und Überwacher des Hodensacks!“

Erzähler FORTFAHREND, LEISE, LEIDEND: „Jeden Morgen hat er ein gewichtiges Problem: das Aufstehen. Der Schwung fehlt eigentlich immer. Von den Träumen, dem wachen Herumliegen im Schweiß, ist er geschafft, hat keine guten Gefühle, die ihn noch positiv bewegen könnten. Irgendwie hat er die Fresse von allem voll, vom Leben, von diesem Test sowieso und ... überhaupt: Das unabsehbare Enden, dem er sich ausgeliefert sieht. Das ist Tatsache!“

Wieder dieses Lied: „She loves you, yeah, yeah, yeah!“

Testperson AUF DEM KLO - BEMÜHT MEMORIEREND UND DEN GESANG ANTESTEND: „Hätte ich das geeignete Farbband, könnte ich jetzt, nachts, loslegen: Könnte diese Schlaflosigkeit mit Arbeit bekämpfen. Aber … verdammter Dreck, die würden selbst das noch verhindern. Sie können es einem nicht schwer genug machen, diese Dreckwerfer und High-Tech-Schützen!"

Stimme/Wächter SCHNIPPISCH: „Weder Dreckwerfer, noch Schütze
- auch nicht eiskalt in der Hitze
- immer wieder aufmerksam-bemüht
- sind wir permanent für ihn erblüht!
- ist unser Lieblingsobjekt und Ungewöhnlicher
- würden wir ihn kennen, würden wir ihn Löcher fragen!"

Testperson KOPFSCHÜTTELND: „Irgendwie sind die bekloppt. Jetzt fangen sie auch noch mit Gedichten an! Hinter ihren Stimmen verstecken sich doch keine Menschen, vielmehr Bastarde des einen Dienstes, der die Bürger geheim unterjocht. Sie können nicht anders, sind sie es doch …. Ihre Gewieftheit und ihr Equipment, welches sie aus dem eff-eff …"

Stimme/Wächter NECKISCH: „Eff-eff, eff-eff, eff!"

Gesang der TP: „She loves you so much! Liebst du sie noch?"

Stimme/Wächter: „Liebst du sie noch, Trottel?"

Testperson AUFATMEND: „Ah, sie fiel runter, diese Scheiße. Sie war mir zu viel, saß tief drin und drängte und war ein zu großes Gewicht. Nun habe ich die Absicht, aufzustehen und endlich dieses Bett aufzusuchen."

Stimme/Wächter NECKEND: „Er hat Absichten, auch solche, na. Du weißt schon! … die liebt ihn nicht. Die liebt ihn nicht!"

Testperson LAUT: „Verruchtheit der Illusionserzeugung, eine Verrücktheit einer Zonenbildung im Kopf durch Behandlung von außen und von innen. Ein beschissener Beschiss! Dreistes Anpöbeln aus dem anonymen Reich der Reich-losigkeit, die einem reicht!"

Stimme/Wächter GEREIZT: „Sie liebt ihn. Sie liebt ihn. Ja doch, sie liebt ihn! Er ist kein Tausendsassa, sondern ein disziplinierter Arbeiter, es könnte ihr missfallen ... Sie liebt ihn nicht! Oder, was meinst du. Spasti?"

Testperson LAUNISCH: „Ua. Jetzt penne ich ein, aber ... ist doch erlaubt, oder? Wollen sie mir Vorhaltungen machen?"

TESTPERSON GEHT IN DAS ZIMMER, WO GESCHLAFEN WIRD.

Das Schlafen

(Testperson liegt platt und breit auf dem Bett, wirft die Decke noch weiter zurück. Draußen hört sie ein Flugzeugdröhnen, aber reagiert nicht, und hofft auf baldiges Einschlafen, wovon sie tagsüber kaum zu träumen wagte, weil es doch so schwierig ist in diesen Monaten ...)

Stimme/Wächter GEREIZT: „Sie liebt ihn nicht!"

Testperson SAUERTÖPFISCH: „Es gilt, die Ruhe zu bewahren." DENKEND: „Der will mich durchziehen durch diesen riesenhaften undurchdringlichen Ungewissheitsqualm. Ich will dem gewachsen sein, dafür stehe ich ein. Willensmäßig bin ich topfit. Aufgeben gilt nicht! Wer einmal aufgegeben hat, darf Platten oder Fliesen legen, Steine aufeinander mauern, am Fließband stehen etc.. Jedenfalls kann er alle Laufbahnplanungen in den Wind schreiben. Er hätte verloren, - zu verlieren habe ich keine Lust, ehrlich nicht." REDEND: „Mich kriegt der Typ nicht klein. Vielleicht ist er nur so ein Computerprogramm. Vielleicht … vielleicht. Vielleicht bin ich auch nicht in sie verknallt! Scheiß-Verknallt-Sein!"

Erzähler WOHL WISSEND, dass er mit seiner Ansicht schiefliegen könnte: „Wehe dem, der nicht lügen kann und nicht betrügen – der diese Eigenschaft auch gegenüber Fremden nicht zurückhält, weil es ihn übel überkäme, weil er ununterbrochen kotzen müsste allein bei dem Gedanken, irgendetwas Amoralisches, Ungesetzliches getan zu haben! Er soll gelobt sein wegen seiner Ehrlichkeit! Lebe ganz weit nach oben! Oben!"

Stimme/Wächter VERWIRRT: „Kleinheit eines Menschen ist gleich Größe einer kleinen Spinne, die ihr Netz am Weben ist und vor keiner Bettkante anhält. Und deren Nähe man nur erträgt, weil sie bisher unentdeckt geblieben ist!"

Testperson VERWIRRT: „Kann ich schlafen oder nicht? Kann ich … auch ohne Radio zu hören einschlafen? Aus damit!"

Xxx Freund der Schwester KLEINLAUT AN DER ZIMMERTÜR: „Hast du mein Pinkeln wohl vernommen oder überhört? Schläfst du? Darf ich zu dir kommen, um dir meinen neuen Tisch zu zeigen?"

Monate später:
Mit geröteten Tränensäcken unter den Augen hat die Testperson einen Auftritt nach dem anderen in dem Zimmer sowie in der Wohnung. Der fehlende Schlaf nimmt sie arg mit, es ist doch alles viel zu anspruchsvoll - !

Stimme/Wächter MORGENS SCHREIT ER SICH ALLES AUS DEM HALS: „Überaaaaaaaaaaaaaaaaa!"

Testperson GÄHNEND: „Guten Morgen, lieber Morgen!"

Stimme/Wächter SARKASTISCH: „Die Unglaublichkeit ist gegeben: Er ist ein Wachender, Wachender, Wachender!"

Testperson NOCH GÄHNEND: „Drecks Blindgänger! Den mach ich noch kalt! Wenn ich den in die Finger kriege, werde ich für eine anständige Liquidierung und ein anständiges Begräbnis Sorge tragen. Es wird mir ein Vergnügen ohnegleichen sein!"

Stimme/Wächter SARKASTISCH: „Menschen wie dir opfere ich meine Arbeitszeit - und sie sollten mehr Einsicht zeigen!"

Keller/Wohnzimmer

(Ob nachts oder tags: Die Geräusche, des Wächters Stimme, alle möglichen durch den Kopf schießenden absurden Gedanken, schlauchen. Es geht um irgendwas. Die Testperson hat immer noch keine exakte Kenntnis hierüber, geschweige denn einen einzigen Beweis. Ein Gewirr gesammelter akustischer Indizien gibt es allerdings, - diese mögen zum Weitermachen ausreichend sein.)

NOCH IM BETT.

Testperson ANGEBERISCH: „Bald werde ich ausbrechen, heute bestimmt noch nicht! Der neue Job wartet, doch es ist ein geringwertigerer, auf den der Wächter keinen Wert legen würde. Der Plan ist gefasst, wird ausgeführt, wird auch unter Schmerzen und Belustigung, von wem oder von was auch immer, ausgeführt werden. Ich werde es mir nicht nehmen lassen, meine Courage unter Beweis zu stellen: Es kommt darauf an, was ich von mir selbst halte! Das ist es!"

Stimme/Wächter MAULT HERUM: „Das klappt gut, bestimmt! Das klappt gut!"

Testperson BELEHREND: „Wenn sie nicht gewesen wären, so hätte ich ein prima Leben führen können. Sie haben es gewissenlos zerstört, dies … ist klar. Aufträge hat man im Zusammenhang mit mir nicht zu erteilen. Ich allein erteile solche, die mich persönlich betreffen! Etwas anderes kann und darf es nicht geben!"

Stimme/Wächter KRIECHERISCH: „So lasse dir doch sagen, es ist genug!"

Testperson ENTSCHLOSSEN: „Meine Fluchten waren immer erfolgreich, doch beschränkten sie sich auf den Geist und dieser wurde kontrolliert, wie ich nun weiß. Ich weiß es nicht genau, aber die Wahrscheinlichkeit ist hoch, dass es so ist! – Deshalb sind Konsequenzen zu ziehen. Sobald es vorbei ist, denn vorher kann ich nicht raus. Wahrlich, ohne belästigt zu werden, werde ich nach Brasilien fliegen und dort, in dem Staat Minas Gerais, Pferdezüchter werden!"

Keller
Bei der Kellertür, nahe des Hausflurs, wo man sich öfters zu treffen gewohnt ist, aber in der letzten Zeit wenige sichtbar geworden waren, steht nun die Testperson.

Stimme/Wächter SEELENRUHIG, mit hohler Stimme: „Doch warum findet diese Idee ihre Aufmerksamkeit? Sind sie noch ganz klar, wollen sie, der praktisch Unausgebildete, dort Tiere züchten, die sie kaum kennen. Was soll das? Ich denke …"

Testperson SCHLÄFRIG: „Alles Gute erzielt man wohl, wenn man ein Risiko eingegangen ist, nur dann … nie dann, wenn man macht, was man immer oder fast immer gemacht hat! - Keineswegs werden Gewohnheiten oder Routinen zu etwas auch bloß vorübergehend Hinausschießendem werden!"

Stimme/Wächter WÄHREND TESTPERSON NOCH VOR DEM KELLEREINGANG IM FLUR IST: „Passe nur auf, dass du dich nicht überhebst!"

Testperson GEBEUGT: „Das wird immer schlimmer mit ihnen, sie sind das Letzte, das Hinterletzte. Sie sind die Mühe nicht wert. Ich rechtfertige mich für gar nichts, es geht sie nichts an!"

Stimme/Wächter: „Schön, dass es einen gibt, der nichts ahnt. Ja doch, dessen Unschuld so vollkommen ist!"

TESTPERSON GEHT IN DAS
Wohnzimmer
UND NIMMT AM TISCH PLATZ.

Testperson GEBÜCKT AM FRÜHSTÜCKSTISCH SITZEND, NOCH IMMER MÜDE: „Sie können mich …! Lieber Mann … , falls sie einer sind, nicht nur so ein blöder Computer, ihnen teile ich nun mit: Meinen Job suche ich mir selber aus" IRONISCH: „Hilfe ist jetzt ganz und gar unnötig!"

Stimme/Wächter FRÜHSTÜCKEND: „Mampf. Amüsant ist es. Amüsant!"

(Selbst dieser Mensch weiß ja durchaus, über die überaus modulierbare Stimmen- und Geräusche-Vielfalt ein Frühstücken zu suggerieren!)

Testperson BROT SCHNEIDEND UND DENKEND: „Irgendjemand soll ich wohl werden, irgendjemand etwas höher Angesiedeltes. Deshalb strengt man sich an und scheut keine Kosten! Noch haben sie genug im Etat, die Geheimen. Vor der Pleite steht der Staat noch lange nicht!"

Stimme/Wächter SÜFFISANT: „Der geht baden, der geht baden …"

Testperson DENKEND, UNRUHIG: „Er hält meist dagegen, wenn ich positiv denke. Er ist der größte Nerver, der auch nur vorstellbar ist. Mein Job ist meine Sache. Und dabei bleibt es!"

Stimme/Wächter SÜFFISANT: „Keiner hat nur seine Sache, keiner hat nur seine Sache!"

Testperson LAUTHALS: „Arschlöcher wie dieses da …!" DENKEND: „Die wollen mir glatt Vorschriften bezüglich des Anzutretenden machen. Nicht nur, dass es diese verdammte Gefangenschaft gibt, nein, dies reicht nicht aus: es ist die Vorausbestimmung einer beruflichen Zukunft, sogar aus der Vergangenheit hinauf bis jetzt und weitergehend bis auf, wer weiß wohin … Ist das nicht katastrophal?" SAGEND: „Scheißdreck, ich wollte, es wäre endlich vorbei! Ich könnte ständig fluchen, wie mich alles unsäglich anwidert! Es ist schlimm, unterjocht zu werden und den künstlich erzeugten Druck ertragen zu müssen! Und warum denn? Ich weiß es eben nicht. - Etwa für einen bestimmten Job?! Was soll denn das nur sein?!"

Stimme/Wächter BERUHIGEND: „Das muss dich nicht entzücken, es ist nun einmal so, dass wir diese Bahn für dich plattgetreten haben, auf der du gehen sollst! Es wird so gemacht. Manche verstört es, andere jedoch finden es ganz quadratisch-praktisch und zerspringen vor lauter Begeisterung! Die Regeln legen wir fest, das ist die Tradition. Wir brauchen diese Sicherheit! – Jetzt bist du einfach dabei, wirst vorerst dabeibleiben! Denn die Alternativen dazu wären sehr bescheiden."

Testperson ANGEWIDERT: „Ihr kotzt mich nur noch an! Ihr habt mich in eurer Hand, es liegt am Ausbildungsweg und an den Tatsachen, die die Umstände und die konkreten ökonomischen Bedingungen und Entwicklungen gesetzt haben. Ich hätte von vornherein einen anderen Weg einschlagen sollen. Das ist es nämlich!"

Stimme/Wächter BERUHIGEND: „Möglich wäre es schon, doch es ist so gekommen, wie es gekommen ist!"

Testperson WÜTEND: „Jetzt hänge ich fest, bis auf weiteres hänge ich fest, weiß nicht ein noch aus. Besser wäre es, wenn ich tot wäre!"

Stimme/Wächter GELASSEN: „Du solltest weniger reden, lieber denken! Deine Gedanken lese ich ja schließlich allesamt. Das Reden ist gar nicht nötig, es fordert dir zu viel Energie ab!"

(Testperson: Liest jetzt die neueste Ausgabe der Morgenzeitung, die kurz vorher noch eine Tageszeitung war, bitter gelangweilt.)

Testperson EXALTIERT: „Ich muss auf andere Gedanken kommen!"

Erzähler LOCKER: „Dies ist nicht, was er gewollt hat! Er wollte immer am liebsten die Freiheit kosten, so viel und sooft wie es möglich war. Die Bereiche, in denen er tätig war, diese Interessengebiete, folgten seinen Neigungen, womit er einigermaßen froh war. So hatte er ein bisschen das Gefühl von Freiheit! — Wo Freiheit war, war wenig Langeweile, hätte er gerne auch einmal mitgeteilt. Es ging ihm trotzdem manchmal schlecht, weil Probleme zu jedem sozialen Dasein gehören. Doch insgesamt fühlte er sich wie ein Mensch, der diese meistern kann. Wichtig war dieses kleine Bisschen an Autonomie. Er brauchte es. Aber die anderen störte dies eben auch — im Grunde kam er sich wie

jemand vor, der nach vorne geht, wenn auch Geld meist knapp
war. Dies verursachte oft ein mulmiges Gefühl. - Die Testperson
könnte jetzt, weil sie sich aufregt, sogar ausrasten! Aber dies
würde durch eine Eingabe ins Unterbewusstsein verhindert
werden! Wahrscheinlich! – Der Wächter ist ausgebildet, ein
Könner, Techniker mit bestimmten Kompetenzen. Er weiß, wie
die Objekte, die er betreut, zu unterdrücken sind, wie sie ge-
lenkt werden müssen! Das nennt man Behandlung! Er ist stets
anwesend, es gibt keinen Augenblick der Abwesenheit, auch
nur der Unaufmerksamkeit! Es handelt sich nämlich um die
totale Überwachung der Testperson. – Diese kann beliebig ge-
danklich und gefühlsmäßig manipuliert werden, gesteuert werden, es kann alles, wirklich alles verhindert werden, aber auch
ausgelöst! Das reicht bis zur künstlichen Reizüberflutung, die er
verursacht. Und die Testperson muss die ganze Situation ertragen, ertragen, ertragen – überstehen! Späterhin muss ein solcher Mensch jede beliebige Attacke parieren können. ---- Angenommen werden kann, dass diese Testperson hier schon seit
vielen Jahren in Behandlung ist. Ja in früheren Lebensabschnit-
ten behandelt wurde. Von heute aus gesehen erscheint das
mehr als wahrscheinlich! ---- Der Testzweck ist offenbar die
Resilienz zu schaffen und zu steigern, damit die Testperson
später psychischen Druck aushalten kann, der extrem werden
könnte! --- Auf eine lange zurückliegende Behandlung zurück-
zublicken, das kann frustrieren, sogar als katastrophal empfunden werden! Es dachte so ein Mensch früher sicher einmal an
das selbstgewählte Leben, an Unabhängigkeit, Selbstständigkeit
und Autonomie, an ein Leben mit Glücksgefühlen, zumindest
Zufriedenheit. Dies in einer Freiheit, die selbst begründet worden ist! --- Heute dürfte es als wahrscheinlich gelten, dass,
wenn es so eine Freiheit gegeben haben sollte, dieselbe als
Scheinfreiheit anzusehen wäre. Sie könnte bis zum Beginn des
Testes gegeben gewesen sein können! Fakt ist, dass diese
Wächter – und es gibt sie leider ohne Frage! – unsichtbar waren

und sind. Dies ist ihre ungeheuerliche Stärke. Man kann sie erst wahrnehmen, wenn sie sich als Wächter zu erkennen geben. Ansonsten kann man sie nicht einmal vermuten, wenn man ein nichtsahnender Bürger ist! Auf so eine Behandlung kommt doch ein normaler Mensch gar nicht! Wer denkt denn an sowas!? Das ist aber die Grundvoraussetzung dafür, dass so ein Test überhaupt durchgeführt werden kann. --- Zu erkennen, dass dieser Test gegeben ist, ist für eine Person etwas Unfassbares, der Schrecken pur. Es kommt ihr sicher so vor, als wäre sie mit einem Fluch belegt. Kein Ausweg möglich. ----
Könnte sie jetzt nicht aus Büchern zitieren, da sie am Frühstücken ist? Schließlich denkt sie ausgiebig; gerne liest sie sich erweiternd durch die Geschichten von Kultur und Philosophie, Literatur und Politik als auch Wirtschaft. Sie ist gekommen als ein Apostel der Freiheit. Sie ist ein solcher, auch wenn es nichts mit der Freiheit in dem erwünschten Maße werden sollte! Und, keine Frage, über allem thront die intellektuell-freimütige Eitelkeit von Bildung, Wissenschaft und Schöpfung!"

Endlich

TAGS DRAUF, IM ZIMMER KURZ NACH DEM AUFSTEHEN.
DER DRUCK IST ETWAS GELOCKERT WORDEN.

Testperson SELBSTRELFLEKTORISCH: „Ich stehe in erster Linie zu mir selbst. Dann kommt erst einmal niemand mehr. Wenn ich mit mir selbst fertig geworden bin, könnte eine andere Person noch interessant werden. Solange das hier noch andauert, werde ich mich halten können, denn ich denke im Grunde nur an mich selbst! Außerhalb von mir existiert vorwiegend Schlamm, existiert Schleim, existiert Schutt. Also: Weil ich egozentrisch bin, habe ich die Chance, diesen Test mit Erfolg, was er auch genau sei, irgendwie zu bestehen! – Nur derjenige, der auf sich selbst geworfen ist, Lüge und Täuschung hasst und ungern lebt, kann sich vor diesen Stimmen, Geräuschen und Erinnerungen halbwegs schützen, das heißt, indem er er selbst ist, keinen anderen wirklich braucht. Nur sich selbst sieht, anerkennt und – auf die Rest-Welt scheißen kann, wenn es für nötig erachtet wird!"

Xxx Freund der Schwester STEHT IN DER ZIMMERTÜR, AUTOMATISCH GEÖFFNET, REDET JETZT LAUT: „Mal angenommen, er hätte einen Sinn im Leben gefunden, den er offenbar noch nicht gefunden hat, so würde er sich mit allem abfinden können, auch mit diesem schrecklichen Test. Besser wäre für ihn jetzt: fröhlicher sein, dann würde er den Wächter eher anerkennen können. Das ist zu vermuten."

Testperson SAUER: „Das ist offenbar eine Suggestion, die ich gehört habe! – Der und den Wächter anerkennen ... der macht mit, weil er keine Wahl hat. Ich muss keinen anerkennen! Ich nicht! Das ist doch klar! - Vielleicht hat der einen Sinn für sich selbst entdeckt und möchte, dass ihn alle anderen auch entdecken ... keine Ahnung!"

Xxx Freund der Schwester PRAHLT: „Willst du meine neuen Autos sehen? Die habe ich preiswert erworben. Das sind Blechautos! Auch dieses hier ...!"

Stimme/Wächter SARKASTISCH: „Alles ganz normal gewesen. Aber wir haben absichtlich gegen Regeln verstoßen, zu viel Redereien zugelassen!"

Testperson DENKEND: „Die hätten vielleicht den Mund halten müssen. Sie haben zu viel gesagt, zu viel! Es grenzte an die Verschiebung von Eindrücken, die anders für mich kommen sollten. Es ist anzunehmen, dass in diesem Test auch von Seiten des Wächters aus gesehen manches falsch gelaufen ist ...!"

ABSPANN MUSIK.

Ende

FREI-GANG

Ein Hörspiel von Kay Ganahl
Die Textfassung

Rollen

Einweiser

Person

Solveig

Bertrand

Schweiger und Schweigerin

Droll (Kumpel)

Flips (Zivilfahnder)

Schleunig (Zivilfahnder)

Einweiser: „Ziemlich fröhlich kam die durchnässte Person, in abgenutzter Lederjacke und in abgewetzten Jeans, in das kleine feine Vestibül und setzte sich auf den goldenen, von Personen umgebenen Käfig. Sie lachte in die Runde der besorgten Gesichter. - Bertrand, Solveig und Schweiger waren, mutig und erwartungsvoll, anwesend."

Teil 1

IM HAUS DER FAMILIE. IN EINEM DER ZIMMER.

Person KOMMT HEREIN - IRONISCH: „Tag Leute!"

Solveig SCHWÄGERIN - GLEICH NEBEN IHM, VERSCHÄMT: „Wie geht es denn so?"

Person: „Aus Null-Nichts schöpft keiner was, aber ... ein ... Knastjournalist wie ich kann eben einiges, so dass er auch Erfolg hat. Ich habe Erfolg!" DRÖHNEND: „Ich bin der verlorene Schwager, Solveig!"

Solveig IRONISCH: „Das ist wahrhaftig erstaunlich. Ich fühle mich geehrt, einen wie dich zum Verwandten zu haben, so einen wie dich als einen derartig engen und vertrauten Verwandten. Du bist einzigartig exzentrisch, ein Ausgegrenzter und wohl ein perfekter Außenseiter, den das Leben hart angepackt hat!"

Person LAUT: „Das Leben ist widerwärtig hart mit mir umge-
sprungen! Ich möchte aber nicht zu weinen anfangen, man
würde mich einen Waschlappen nennen. Trotzdem muss ich
jetzt reden. Ich muss mich beweisen, wenn ich hier bin!"

Solveig: „Kenntnisnahme! – Nichts Abweichendes habe ich jemals angenommen, denn du bist der perfekte Außenseiter, der
sich in den Knast verirrt hat … leider, muss ich sagen!"

BERTRAND KOMMT LAUT AUFTRETEND HERBEI.

Person DEM BERTRAND SOFORT ZUGEWANDT: „Du anerkennst
mich schon immer, Solveig. Das stimmt! – Lieber Bertrand! Ich
wende mich an dich …" UNRUHIG ZU BERTRAND, SEINEM JÜN-
GEREN BRUDER, DER IHN GERN UNTERSTÜTZTE IN ALLEN ER-
EIGNISREICHEN JAHREN DES RABAUKENS UND VAGABUNDIE-
RENS.

Bertrand VERBITTERT: „… ja, bitte. Du wendest dich bestimmt
nicht mehr um eine höhere Gradzahl um!"

DANN GEHEN ALLE FORT.

KURZE PAUSE.

GEDÄMPFTE ATMOSPHÄRE.
SIE BEFINDEN SICH JETZT IN DER GEMÜTLICHEN DIELE DER
WOHNUNG BERTRANDS

Person AUFGEPUTSCHT: „Heute habe ich einen Tag, da ich
euch, wie angekündigt, besuche und euch über mein Knastle-
ben berichten will. Es ist so unerbittlich dort, im Knast. Oh."
PLÖTZLICH NIEDERGESCHLAGEN „Für mich ist das aber weniger
interessant, für euch … wahrscheinlich … na … ja … Ich jeden-

falls habe so ein Bedürfnis nach Wärme und ich liebe euch doch alle so unverschämt klar und rezeptfrei, dass ich mich kaum mehr selbst begreifen kann! Es macht mich sehr an, ich friere nicht einmal ... Wärme ... STEHT AUF UND GEHT ZU EINEM TEAKHOLZTISCH, ORIGINAL ENGLISCH, SETZT SICH AUF DIESEN UND NÄSELT VOR SICH HIN. „Ich ... suche nach einem Menschen, nach einer Beziehung, die mich wachhält und warm erhält, damit ich auch in Freiheit leben könnte. Dort, woher ich komme, gibt es so etwas nicht. Alles ist erstarrt und kalt! Man beäugt sich gegenseitig misstrauisch. Die Schatten liegen über den Existenzen. Selbst die Psychen sind unter Verschluss! Die Leute kennen einander in Wirklichkeit überhaupt nicht. Sie sind traurig und hart gegen sich selbst, suchen oftmals nicht einmal mehr nach irgendwas, wo doch sowieso der Raum so begrenzt ist. Manche haben jede Hoffnung aufgegeben, siechen nur so vor sich hin. Sie sind zu bedauern. Ich aber sehe da noch etwas, schließlich habe ich euch ... meine Kinder!"

Solveig GELASSEN: „Du bist selbst noch kein Erkalteter, worüber wir uns freuen. Wir möchten mehr von dir hören."

Bertrand NEUGIERIG: „Genau. Meine ich auch. Wie lange hast du frei? Wann musst du zurück?"

Person: „Es ist nur heute. Das ist der Tag, den ich für euch erübrigen kann! Ihr wisst schon ..."

Bertrand ERBOST: „Also daran wage ich nicht einmal zu denken!"

SCHWEIGER IST DAZUGEKOMMEN.

Schweiger BEI SOLVEIG, JETZT SEHR GESPRÄCHSBEREIT: „Ist ja genial! Ist ja enorm genial! Hätte ich nicht gedacht. Von … berraschung … zu berraschung."

Einweiser MANN VON SCHROT UND KORN: „Die Person war nicht heimgekommen. Sie war einfach, wenn auch rechtzeitig vorher angemeldet worden, da – und man musste sie hinnehmen. Das war eben so, weil man keinen Aufruhr provozieren wollte, sprich: keine Diskussionen und Minirevolutionen bei den Angehörigen der Familie. Die dann augenblicklich ihren Wiedergekommenen bestaunten …!"

Solveig ZU DER PERSON, DIE UNRUHIG HIN- UND HER GEHT. ES IST ALLES UNGEWOHNT HIER: „Wie wäre es mit einem Glas Limonade, mein Bester?"

Person KURZ, MIT SINN FÜR DIE FREIHEIT: „Nein, lieber Mineralwasser!"

Solveig NAIV: „Bitteschön, das Wasser. Ein Tag ist sehr wenig an Zeit, was? Vielleicht kann man das mit einem förmlichen Antrag verhindern …?!"

Person: „Wo denkst du hin …?" TRINKEND „… ein Tag wie dieser ist eh die Ausnahme, aber vielleicht bekomme ich demnächst wieder einen, wer weiß. Aber dafür muss ich mich an die Vorschriften halten! Notwendigerweise, es gibt keinen anderen Weg!"

Solveig INTERESSIERT: „Wirst du diesen Tag genießen? Was denkst du? – Wir haben die Verantwortung für deinen Rück-Gang übernommen!"

Person: „Ah sicher doch. Was ist für dich genießen? Wenn ich weiß, dass ich von der eigenen Familie beaufsichtigt werde, fühle ich mich schon weniger wohl. Andererseits ist dies die Voraussetzung für den Freigang, der hier und jetzt stattfindet, wie alle sehen können …!"

Schweiger: „Wie gefällt es dir bis jetzt – wir sind deine Wärter?!"

AN DER TÜR ZUM WOHNZIMMER; ALLE HABEN SICH JETZT DORTHIN BEWEGT.

Person BETONT GELASSEN.: „Die Provokationen kannst du dir sparen, Schweigerchen … ich suche nach Wärme, die mich ausfüllt. Gerade jetzt. Nur die menschliche Wärme füllt mich aus, wisst ihr das noch nicht?! Hier kriege ich in jedem Fall was von ihr zu spüren. Die Gefängnismauern sind weit weg!"

Schweiger: „Wärme. Der Wunsch ist arg bescheiden. Ich wünsche sie auch dir!" HÄMISCH: „Aber … ich kann sie dir nicht geben, äh … bescheren!"

Person: „Bitte. Sooft haben wir in früheren Zeiten zusammengesessen, aber ihr habt es noch nicht realisiert. Ich bin ein Suchender, der will es jetzt ausdrücklich kundtun … nämlich … zufällig aufgrund eines Verrats von der Polente gekascht worden ist. Wen die Wärme reizt, der muss sich auf eine Suche begeben. Als sie mich kaschten, habe ich gerade eine unter mir gehabt. Ihre Wärme war außerordentlich. Wirklich! Das war spaßig. Vielleicht hatte sie mich verraten?! – Zunächst hatte ich von der Wärme die Schnauze voll!"

KURZE PAUSE.

„Gewiss. Ihr könnt mich als einen verkappten Amateurphiloso-
phen betrachten. Ist das wenig?"

Bertrand und Solveig GEMEINSAM VERSTÄNDNISVOLL: „Hoch-
interessante Geschichte. So haben wir das noch nicht gesehen,
ehrlich!"

Schweiger LAUT PROVOZIEREND: „Du hast sie nicht mehr alle!!"

Person IM BERICHTSTON: „Das … ich sage einfach Verbrechen,
dessen sie mich beschuldigten und mich von der Tussi runter-
holten, war geringfügig, wie ich heute noch finde. Aber man
packte mich wie einen Schwerverbrecher hinter Schloss und
Riegel! Solche schweren Jungs gibt es bei uns denn heute auch,
ehrlich! Ich könnte euch Sachen berichten …!"

Schweiger NUN VERDÄCHTIGEND: „Hast du die vergewaltigt,
missbraucht … mal eben erfolgreich hochgenommen …? Ach
deswegen … deswegen bist du nun ein Knacki geworden, der
möglicherweise hinterher besonders gut verwahrt werden
wird!"

Person EMPÖRT LAUT: „Spinnst du denn?! So habe ich das nicht
dargestellt!"

Schweiger: „Die hat dich verraten, glaube ich auch. Die hat dich
danach angezeigt, was? … du bist doch so ungemein erfolgreich!" IRONISCH: „Echt Klasse, der Knabe … He! Onkelchen!? –
Die schweren Jungs haben was gebracht. Hast du jemals was
gebracht? Das steht zu bezweifeln. Nicht einmal als ein Krimi-
neller hast du das, was Erfolg ist. Es war wohl ein Scherz, was
du sagtest, als du eben gekommen bist. Und bei dieser Knast-
journaille kannst du nur ein leisetreterischer Kleingeist und
Gefolgsmann sein!"

Person: „Bloß nichts mehr sagen, du …!"

Schweiger SACHLICH: „Wer bin ich, was bin ich? Der Journalist in dir scheint schwach ausgeprägt zu sein, berufliches Wirken ergibt sich daraus sowieso niemals! Also: Angeberei und der Versuch eines Beweises, also ein ‚Ich kann ja auch was!'. Ja, dass mir ein Philosoph gegenübersteht, kann ich genauso wenig erkennen! Deine Aussprache ist zwar nicht proletenhaft, aber den höheren Geist vermisse ich. Dahinter steckt doch nur die Absicht, einen üblen Charakter und gewisse Straftaten als Ursachen für die Knastkarriere und die soziale Devianz in ihren primitiven Facetten zu verbergen!"

Person LAUTHALS: „Willst du dem Burschen, diesem … diesem … jungen Mann, nicht endlich einmal einen Maulkorb anlegen, Bertrand?" WUTENTBRANNT.

Schweiger IST SACHLICH-IRONISCH: „Der Mann, der sich meinen Onkel nennt, ist verwirrt. Er kommt mir jedenfalls so vor, keine Frage! Am liebsten würde ich einen Psychiater heranziehen …!" LACHT AUF. „Er irrt, hören sie, in der Annahme, man könnte ein Familienmitglied dazu bewegen, gegen mich vorzugehen!" UND LACHT WEITER.

Bertrand AUFGEBRACHT: „Ich kann meinem Sohn keinen Maulkorb anlegen. Wo denkst du denn hin?"

Schweiger DIE PERSON OFFEN BELEHREND: „Du bist ein Fremder, quasi ein Fremder, wenn du alle paar Jahre auftauchst und so tust, als würdest du zur Familie gehören, obschon in der Familie selbst immer wieder Streitfälle, ja und sogar Diebstähle vorkamen, die du zu verantworten hattest. – Du, ist das verstanden worden? - Eigentlich sollte es ein durchschnittlich intelligenter Mensch, der du bist, wie du einmal gesagt hast, verstehen können, wenn man ihm beizubringen versucht, dass er im Hause von Verwandten eine gewisse Zurückhaltung zu üben hat, wenn diese auch noch die Aufsicht über ihn haben. Gewissermaßen, äh!"

Person ENTTÄUSCHT: „Warum muss jemand solche Worte wählen, wenn er es mit seinem guten alten Onkel zu tun hat? Habe ich euch bedroht? Es besteht bis jetzt kein Grund dafür. Faktisch bin ich auf euer Wohlwollen angewiesen, doch heißt das nicht, dass ich kleinlaut bin und ein unterwürfiges Verhalten zeige, welches ich hasse."

Schweiger AUTORITÄR: „Ich will es mit dir verderben. Es ist meine feste Absicht, was dagegen?"

Bertrand BEUNRUHIGT: „Wozu soll das gut sein, Sohn? Wir wollen ihm helfen, ihn nicht bekämpfen. Das macht doch keinen Sinn, denn sonst wird er uns später mächtig auf die Nerven gehen wollen?"

Person: „Na darauf kannst du einen lassen!"

GEHT LAUT IN DIE KÜCHE, RÜLPSEND.

Bertrand ERHELLEND BEUNRUHIGT: „Deshalb brauchen wir ihn, wie er uns braucht!"

Schweiger HÄMISCH AUSRUFEND: „Es soll leben die absolute Offenheit, die Offenheit innerhalb der wertvollen Familie, die über alles geht!"

BEIDE GEHEN LAUT IN DAS WOHNZIMMER. TÜR AUF UND ZU.

Solveig SEHR BEUNRUHIGT: „... ist doch alles Nonsens. Solange er sich anpasst, sich an unsere Regeln hier hält, mein Gott, dann geht es doch noch, verdammt!" SIE NIEST LAUT. „Er würde etwas machen, wenn wir ihn ausstoßen – klarer Fall!"

SIE GEHT AUCH IN DAS WOHNZIMMER. VOR SICH HIN BLUBBERND.

Person AUS DER KÜCHE RUFEND: „Ich habe alles gehört, Leute! Ja, doch! - Da hast du was gesagt, Solveig! Ich wäre nicht so weit gegangen, ... aber ... euer Söhnchen, Leute, hat leider gar keinen Durchblick, glaubt, dass man einen Verwandten hängenlassen kann ...!"

Schweiger VERÄRGERT ZURÜCK LAUT: „Drohen ist deine Sache nicht?! – Wir können uns nichts nehmen lassen von denen, die uns auf der Nase herumtanzen, das sage ich jetzt deutlich!"

STÜHLE KNARREN. FENSTER WERDEN GEÖFFNET. DIE DREI SITZEN IM WOHNZIMMER UND SCHWEIGEN.

KURZE PAUSE.

DANN Person RUFT: „So ein Unsinn, Leute! Ich klaue euch bestimmt nicht den Teppich aus dem Wohnzimmer! Übrigens ist das jetzt nicht der Anlass zum Klauen. Weder jetzt noch später, falls ich entlassen werden würde, hä!"

KURZE PAUSE

„Und du warst ... lieber Junge ... schon auf dem richtigen Weg, ganz ehrlich! Ich bin ein Sexueller. Sexueller. Hmm!"

ES KNARRT IN DER KÜCHE ETWAS, ETWAS PFEIFT. RADIOSTIM-
MEN, LEISE. MAN HÖRT, DASS DIE PERSON EINE TÜTE MIT
KNABBERZEUG AUFMACHT UND VERZEHRT.

Schweiger RUFT IN DIE KÜCHE: „Dein Sex ist gestört!"

Solveig RUFT IN DIE KÜCHE: „Sein verdammter Sexus ist …!"

Bertrand LEISER: „Lasst ihn doch in Frieden!"

Schweiger ZU DEN ANDEREN, SACHLICH: „Ist seine Sexualität
eine gestörte?"

Person LAUT WÜTEND: „Ich kann alles hören, Leute! Kapiert?
Wollt ihr mich fertigmachen?! --- Ich weiß nicht, ob ich gestört
bin. Keiner weiß dies wohl! Hätte ich doch heute den Mund
gehalten. Das wäre besser gewesen, muss ich sagen!"

EIN KOCHTOPF PFEIFT LAUT. SCHWEIGER SPRINGT AUF EINEN
TISCH IN DER KÜCHE. LAUT.

Solveig RUFT IN DIE KÜCHE: „Wie, du weißt nicht? Was soll das
bedeuten? Wir wussten schon immer irgendwie, dass du es mit
Frauen auf die Spezielle hast! Jetzt ist die Frage konkret: Bist du
so ein mieses Schwein?"

Person RUFT RÜBER: „Dazu äußere ich mich nicht!"

Solveig RUFT: „Schweiger, mein Sohn, könnte vollauf den Punkt
getroffen haben, meine deinen wunden Punkt, der sogar aus-
franst, wenn man ihn antippt!"

Person RUFT WÜTEND: „Dazu sage ich jetzt wirklich nichts …!"

ER SPRINGT VOM TISCH HERUNTER.

Solveig SCHNELL LAUT: „Wird's jetzt, Schwager! Ich will hören!"
HERRISCH WEITER. „Vielleicht müssen wir unsere Standpunkte
bezüglich deiner bisherigen Missetaten korrigieren, du warst
damals immer so frei, die misslichen, verwerflichen Wahrheiten
zu verbergen!"

Person VOR SICH HINRUFEND: „Ich lasse mich von keinem aus-
einandernehmen! Ein Schwächling bin ich nicht, als solcher will
ich auch nicht gelten! Was soll das? Geht euch das was an? - Ich
sagte immer, dass es sich nur um Kleineres handelt! Das Kleine,
das Kleine ist nicht so so schlimm. Es müsste euch auch klar
sein!"

GESCHEPPER IN DER KÜCHE. WILDES RUFEN IM HINTERGRUND.
IM WOHNZIMMER WIRD DER FERNSEHER ANGESCHALTET.
LAUTES REDEN.

Bertrand LEICHT HOCHMÜTIG: „Das ist jetzt, Brüderchen, wohl
eine neuartige subtile Form des Auseinandernehmens! Offen-
kundig! Gut finde ich das nicht. - Solveig! Mein Brüderchen …
Was … ist denn nun bezüglich der Vergewaltigung?"

BERTRAND LÄUFT IN DIE KÜCHE ZU SEINEM BRUDER. STÜHLE-
RÜCKEN. SOLVEIG KOMMT NACH. BERTRAND SETZT SICH AUF
EINEN STUHL

Solveig: „Hier bin ich auch, ihr beiden!" SIE STOLPERT UND
STÜRZT HIN. LAUT.

Person: „Grüße dich, Schwägerin, Beste!" DANN LACHT ER
KURZ AUF.

Solveig RICHTET SICH AUF – UND FREUNDLICH IRONISCH: „Ja, ich grüße dich auch, Schwager!"

Bertrand LACHEND: „Die beiden haben sich schon immer gut verstanden, irgendwie ...!" AUFGESTANDEN!

Solveig: „Ich verstehe dich - !"

Person: „Ich verstehe dich ja auch!"

Solveig und Person ZUSAMMEN GLEICHZEITIG: „Wir verstehen uns gleichermaßen gut, ja sogar manchmal bestens!"

Bertrand: „Ich glaube, die finden sich ... gut!"

BERTRAND GEHT LAUT IN DER KÜCHE UMHER. ES KNARRT SO-GAR EIN BISSCHEN DER BODEN. ALTES HAUS!

Solveig und Person ZUSAMMEN GLEICHZEITIG: „Gut, gut und nochmals gut!"

PLÖTZLICH Person WÜTEND: „Bezüglich ... schon wieder bezüglich dieser Unterstellung, ich sei wegen Vergewaltigung verurteilt worden. Zuletzt auch noch! Quatsch!"

Bertrand: „Das wird dir ewig anhängen! Aber: Meine Ehefrau mag dich ... irgendwie ...!"

Solveig: „Doch, ja, doch, richtig ... richtig!"

Person: „Nette Person, deine Liebe!" ER GEHT AUCH IN DER KÜCHE UMHER.

Solveig: „Wirklich, ich will endlich wissen, was du mit dieser Frau gemacht hast. Du bist gemeint!" PERSON STEHT STILL IM RAUM. „Bertrand, du … Sollen wir diesen Menschen hier auch nur einen Tag bewirten und beherbergen, wenn er eine Frau vergewaltigt hat. Man muss sich dies vorstellen. So etwa wissen wir nicht!"

Person UNGEHALTEN: „Keinesfalls ist dasselbe auch bloß der Absurdität nahegerückt. Und aufrichtig gesprochen: Das alles hat euch im Grunde nichts anzugehen! Je weniger ihr wisst, desto besser für euch!"

GESCHEPPER IN DER KÜCHE, LAUT. DRAUßEN DAS LAUTE MI-AUEN MEHRERER KATZEN.

Person: „Kapiert ihr das?!"

Solveig: „Aha, aha!"

Person: „Das alles findet mein Bruder blödsinnig und beschis-sen. Doch niemand sollte mich wegen meiner Lebensgeschichte unter Druck setzen - !"

Solveig IRONISCH AUTORITÄR: „Aha!"

SCHWEIGER STÜRZT AUßER ATEM IN DIE KÜCHE.

Schweiger LAUT: „Onkel Knastologe ohne Schulabschluss und ohne Zukunftsaussichten!" BELEHREND: „Genieße wenigstens diesen Ausblick auf …. eine bewegte blühende Landschaft!"

Person: „Du bist nicht ganz mein Neffe, Neffe, vielmehr irgend so ein Arschloch! Liebend gern würde ich dir eine verpassen!"

Wo ist die Familie, deren Hilfe ich für meine Alltagsbewältigung dringend brauche?"

Schweiger LACHEND: „Fassade des Willkommen-Heißens!"

Person: „Ja, offensichtlich!"

Solveig: „Bei dir stimmt so einiges nicht, Schwager!"

Bertrand LEISE: „Solveig …"

Schweiger: „Wir wollen im Bilde darüber sein und bleiben, mit wem wir es zu tun haben. Auf die Schwere des Verbrechens kommt es mithin an! Siehst du das, Mutter, Solveig, nicht doch auch genauso oder zumindest ähnlich?"

Solveig: „Es war sehr schwer, was er getan hat …!"

Person IRONISCH: „Iwo!"

Bertrand LAUTHALS: „Nicht so dick auftragen, Solveig! Übertreibungen sind es nun. Ich fühle, dass … Brüderchen …, dass es besser ist, wenn du mich mit meinen Beiden allein lässt, Brüderchen!"

Person: „Ach!"

DANN Person LAUT DENKEND: „Aller Vermutung nach wollen sie mich möglichst sauber und geräuschlos-unauffällig aus der Familie entfernen! Ist doch so!"

KURZE PAUSE.

Person DENKEND: „Das mit der Vergewaltigung ist ein Vorwand, um mich mit Unleidigem zu konfrontieren. Ein Mensch mit starkem Schuldbewusstsein macht, was man ihm sagt! Ich sei … eine Laus, ein Schmarotzer! Ich fürchte, dass alle Gefälligkeiten und Besuche in meinem Gefängnis dazu dienten, mich zu beruhigen, … mich ruhigzustellen!"

DENKPAUSE. - PAUSE.

Bertrand VERÄRGERT: „Warum schweigst du, Bruder!"

Person: „Ich denke nach, verdammt! Darf ich das nicht?"

Bertrand: „Doch, dies darfst sogar du!"

Solveig: „Soll er doch nachdenken … bitte sehr, vielleicht kommt er endlich mal darauf, dass er ein übel Zeitgenosse ist!"

Bertrand: „Das ist er nicht, mein Bruder!"

EIN LANGER LASTZUG DONNERT IM HINTERGRUND DRAUßEN VORÜBER. LAUT, SEHR LAUT.

Person ENTTÄUSCHT: „Ich bin erschöpft."

Schweiger: „Was bitte?" ER LACHT.

Person sitzt da und DENKT NACH: „Sie täuschen mich. Auch die Einladung hierhin war nur deshalb nötig, um zu beweisen, dass sie es mit mir gut meinen. Doch am liebsten sehen sie mich den Rest des Lebens im Knast. Aber das kann keiner zugeben, überhaupt bin ich ihnen sicher peinlich. Sie verschwiegen mich bei ihren Bekannten und Freunden. Bis heute werde ich möglichst verschwiegen! Da bin ich mir sehr sicher! – Aber sollen sie doch!"

Einweiser: „Erstens war der Knacki eine Laus, auf die man aufpassen musste, zweitens war Solveig mit ihm mal liebensleibesmäßig verbandelt gewesen, noch bevor sie Bertrand kennenlernte. Drittens redete Schweiger nur übertriebenen Blödsinn, eigentlich atypischen, weil er für diesen Knacki menschlich was übrig hat und nur den Antipoden spielte!"

PERSON IST AUFGESPRUNGEN.

Person: „Aufgestanden! Weggegangen! Aufgesattelt und über die Prärie …!"

ES GALOPPIERT EINE HERDE MIT PFERDEN DURCH DIE KÜCHE. KURZ EIN GESCHEPPER. SURREN EINER BACKOFENUHR.

EIN COUNTRY-SONG WIRD KURZ EINGESPIELT.

Person: „Ich finde, dass ich in Nordamerika gut aufgehoben wäre!"

BERTRAND, SOLVEIG UND SCHWEIGER APPLAUDIEREN IHM.

Solveig: „Bravo, mein Bester! Nur weg von hier!"

Schweiger: „Er könnte auch noch ein bisschen bleiben!"

Bertrand: „Brüderchen, jetzt spinnst du total!"

Teil 2

STRAßE MIT ALLERHAND AUTOVERKEHR.

DROLL, DER KUMPEL, STEHT MITTEN AUF DER STRAßE - PERSON STEHT DANN NEBEN IHM.

Droll LAUT FRÖHLICH: „Tach, alter Junge! Wie geht es dir? Wirst du den Rest des Tages bei mir zuhause verbringen, oder willst du in die Kneipe, die geöffnet hat. Heute ist Sonntag. Was meinst du?!"

Person RUHIG: „Einigermaßen geht es mir. Meine Familie ist wieder einmal so stressig! Das kannst du dir aus eigener Erfahrung bestimmt vorstellen! Sie sind immer noch dieselben, schrecklich! Es ist anstrengender bei denen zu sein als in der Zelle."

ENDLICH BETRETEN SIE DEN BÜRGERSTEIG.

Droll: „Du genießt die Gesellschaft dieser Leute nicht so recht?!"

Person: „Irgendwie eben doch! Das ist seltsam. Das ist merkwürdig. Dumm von mir …!"

Droll: „Das hört sich aber komisch an!" LACHT DANN AUF.

AUTOS RAUSCHEN AN IHNEN VORÜBER. SIE GEHEN.

Person: „Ehrlich, ein bisschen habe ich sie heute sogar vermisst. Ich kann es kaum glauben. Denn es ist in der Freiheit so anstrengend!" EIN BREMSVORGANG EINES AUTOS.

Droll: „Erzähle!"

Person SACHLICH: „In der Haft habe ich mich eingerichtet, fühle mich zwangsweise aufgehoben, doch in der Freiheit … ja hier … ist nichts ganz geregelt, es werden Fragen gestellt, oft bohrende, man wird mit Fakten konfrontiert, die zu Problemen werden. Alles geht ganz schnell. Alles ist unübersichtlich. Ich kann oft nichts durchschauen! Ich bin für die Gesellschaft mittlerweile zu langsam geworden. Dennoch kann ich mich damit abfinden, in dieser Freiheit zu sein. Es sind Verhältnisse, mit denen ja jeder Normale leben muss. Warum nicht auch ich?"

Droll: „Ja, das ist realistisch!"

Person: „… in der Haft werden kaum Fragen gestellt, man ist in der Zelle und bleibt dort. Jeder findet sich zwangsläufig mit seinem Schicksal in Haft ab, oder aber er wird aufmüpfig. Dann wird es allerdings ungemütlich für ihn!"

Droll ERHELLEND: „Das alles ist mir sehr gut bekannt. Meine Familie hat mich auch schon sehr genervt. Auf meinen Freigängen ließen sie mich gar nicht in Ruhe. Bei mir war es so, dass die alte Beute noch versteckt irgendwo lag. Sie forschten sogar regelrecht nach dieser Beute. Ich bekam das natürlich mit. Möglich war, dass sie mit der Polizei zusammenarbeiteten!"

Person: „Das muss schrecklich gewesen sein!"

Droll: „Allerdings, alles war scheiße."

Person: „Letzten Endes ist meine Freiheit auf Zeit scheiße! Meine Familie verdächtigt mich bezüglich meiner letzten angeblichen Straftat. Ich werde als Mensch in Frage gestellt. Tag für Tag. Man möchte sich sein bisheriges Leben wegdenken und ganz neu anfangen! Mitsamt dieser Mischpoke ist das aber kaum möglich. Ständig werde ich an angebliche Straftaten, an meinen Lebenswandel erinnert …! An Verpasstes, Verfehltes und Misslungenes. Zu meiner Familie will ich im Grunde nicht mehr gehören. Doch wohin könnte ich gehen, wenn ich so einen Freigang habe?! Meine alten Freundinnen wollen auch nichts mehr von mir wissen. Bis heute hat sich keine im Knast blicken lassen!"
BEIDE BETRETEN DEN PARK. ES ZWITSCHERN VÖGEL. BAUMRAUSCHEN. DANN SETZEN SIE SICH AUF BAUMSTÜMPFE.

Droll: „Meine Familie habe ich abgeschafft! Keinen von denen habe ich in den letzten Jahren noch gesehen. Ich könnte sie … Und die Beute …"

Person SEHR NEUGIERIG: „Was ist mit der Beute?!"

Droll: „Die haben sie nicht in die Hände bekommen!"

Person VERSTÄNDNISVOLL: „Das ist schon einmal gut, Junge …! Die Familie, na ja …"

Droll: „Eben, du siehst es richtig! Die Beute ist an einem Ort, wo sie keiner auch nur vermutet. Schon gar nicht die … Blauen, ehemals Grünen!" ER DREHT SICH FURCHTSAM UM. „Die und meine Familie, auch keine Kumpels, dürfen jemals erfahren, wo sie ist und wie sie sie erhalten können … Das habe ich mir fest vorgenommen. Ich liebe meine Freiheit. Ich hasse alle Narren auf der Welt, die meinen, dass sie im Recht sind. Dabei haben sie allesamt fast nur Unrecht! Davon bin ich überzeugt. Ich bin noch von viel mehr überzeugt, aber dieses hier ist mir ganz wichtig, wenn nicht am wichtigsten von allem: Die Schändlichen sind die anderen! Die Verruchten sind die anderen! Die Schuldbeladenen sind die anderen! Alle Spießer sollte man ... ich will nicht sagen, kaltmachen, aber schon zur Rechenschaft ziehen dafür, dass sie solche Idioten des Immergleichen sind, welches sich durch die Gesellschaft zieht, als gäbe es nichts Besseres, für welches ein Mensch sich einsetzen kann ..."

Person BEGEISTERT: „Du hast mir einen Vortrag gehalten, bravo!" ER IST AUFGESTANDEN UND TANZT DROLL EINEN VOR.

Droll BEGEISTERT: „Hahaha! Super!"

Person: „Richtig, richtig, richtig!"

Droll: „Du bist ein Mensch!!!"

Person HÄLT INNE, LEISE: „Es ist für mich ein Vergnügen und eine Genugtuung, mit einem wie dir zusammen zu sein, weil wir uns normal und mit gegenseitigem Verstehen locker unterhalten können. Das geht von Außenseiter zu Außenseiter, Lobo zu Lobo! Ich glaube, dass wir uns mögen ...!"

Droll BEGEISTERT: „Und ob wir uns mögen!"

Person: „Wir sind uns ähnlich, sind auf derselben Linie. Auf dieser bewegen wir uns gleichzeitig und mit Harmonie in Körper und Geist ...!"

Droll: „Du kannst auch geschwollen reden, ha!" ER SPRINGT AUF UND ...

BEIDE TANZEN IM PARK. IM HINTERGRUND TÖNT DER IRRE AUTOVERKEHR. SPAZIERGÄNGER WERDEN AUFMERKSAM UND TUSCHELN ...

Person LAUTHALS, ALS SIE AUßER ATEM IST UND STEHT: „Ich werde heute nicht mehr zu dir nach Hause gehen. Ich habe einen besonderen Plan ...!"

BEIDE MARSCHIEREN IN RICHTUNG EINES VERLASSENEN KINDERSPIELPLATZES, DER VERDRECKT IST.

Droll: „Dessen Mitteilung du jetzt nicht unterdrücken kannst! Weil er dich schon lange beschäftigt, ich der einzige Mensch bin, der vertrauenswürdig ist. Du stehst unter Druck, weil du eine Entscheidung treffen musst. Welche denn?! Vielleicht sind Dinge möglich, von denen auch deine Familie nichts ahnt. Sie kennt dich sowieso nicht so gut wie ich. Zum Beispiel."

AN EINER ALTEN DOPPELSCHAUKEL LEHNEN SIE SICH AN. HINTERGRUND: GESPRÄCHE VON PARKBESUCHERN, MÜTTERN MIT KINDERN, ALTEN LEUTEN.

Person: „Das könnte ich bestätigen wollen!"

Droll: „Wie ist es denn nun?!"

Person: „Ich traue mich nicht, darauf näher einzugehen! Verraten will ich doch nichts! Zumal ich keinen zu etwas bewegen, verführen will!"

KURZE PAUSE.

DANN AUF EINMAL: ALARMSIRENE EINER GROẞEN SCHULE. ES HANDELT SICH WOHL UM EINE ÜBUNG. DIE BEIDEN WERDEN KURZ IRRITIERT.

EINE POLIZEISIRENE ERKLINGT AUCH NOCH, GERÄUSCH WIRD KLEINER.

Droll RUFT AUS: „Was ist denn bloß los heute?!"

Person GLEICHGÜLTIG: „Egal, verdammt!"

Droll: „Gehen wir fort!"

Person: „Ich will hierbleiben, Droll!"

Droll: „Ich aber nicht, Junge! Weißt du, wer seine Probleme mit sich herumschleppt, hat es viel zu schwer. Jeder braucht einen, dem er sich anvertrauen kann. Ich könnte für dich der sein, dem du eine Menge erzählen könntest! Es müsste gar nichts Verwerfliches sein, nichts … du weißt schon … Kriminelles, äh!"

Person: „Ah. Daher weht der Wind heute. Du willst dich einschleichen – in mein Vertrauen. Ich bin gegen alles im Leben gewappnet, ein Ritter des Alltags!"

Droll BELUSTIGT: „Du bist ein Scherzkeks!"

LAUTE TRITTE, ES GEHT GERADE ÜBER DEN ASPHALT. IM HINTERGRUND KINDERLÄRM. – ES BEGINNT LEICHT ZU REGNEN.

Person SACHLICH: „Mich wird keiner so leicht in sein persönliches Interessengeflecht einbinden, wenn ich das nicht wirklich will."

Droll: „Scherzkeks, Junge!"

Person: „Dein Junge bin ich auch nicht - !" VERÄRGERUNG
STEIGT AUF.

Droll: „He, hast du wirklich Frauen vergewaltigt? Gestehe!"
PERSON STEHT AUF DER STELLE, PRUSTET VOR ÄRGER. „Bist du
ein Schänder, ein Mörder, ein … wer weiß, was noch …?"

Person: „Was soll ich denn noch sein?! Es wird total absurd. Ich
streite einfach alles ab, was ich höre und noch zu hören bekomme! Du bist kein vernünftiger Gesprächspartner. Ich weiß
nicht, warum ich noch mit dir spreche!"

Droll BELUSTIGT: „Du bist der, der keinem gegenüber Vertrauen
aufbringt. Ein Einsamer, ein Verlierer, ein Einzelgänger wohl!"

Person: „Schwachsinn, Schwachsinn, Schachmatt dem dreisten
Verleumder!"

Droll: „Meinst du etwa mich?"

Person: „Ich meine dich, du Verleumder! Sprüche klopfen kann
jeder. Ich verzichte darauf!"

Droll RUHIG: „Du willst dich mir nicht anvertrauen?!"

PERSON LACHT HÄMISCH AUF.

Und Droll EINSICHTIG: „Da kann man nichts machen, aber ich
schätze, es wird noch dazu kommen, dass du bereust! Du bist
einer von den Menschen, die alles in sich hineinfressen, deshalb
leiden und dann heulen und schreien und sogar gewalttätig

werden! Sie werden dann meist schnell von der bewaffneten Staatsmacht ergriffen und eingesperrt!"

Person: „Ja, ja: Wer als erster die Nerven verliert, verliert den Boden unter den Füßen und landet im Kittchen. So habe ich auch schon gehört."

Droll DROHT: „Du ...!"

Person BELUSTIGT: „Nö! – Allgemeines Geplapper ist das, was du absonderst! Dies nehme ich kaum ernst, muss ich auch nicht. - Bedenke einmal: Wie lange haben wir uns denn bis heute nicht gesehen, nicht gesprochen? Zwei Jahre. Das war in der gemeinsamen Haftzeit. Mein Urlaub ist noch heute, keinen Tag länger. Ich soll mich an die Auflagen halten, weil ich sonst gar nicht mehr herauskommen werde, eine Entlassung auf Bewährung kaum möglich wäre."

KLAPPE AUF UND ZU, DANN: ES IST MUCKSMÄUSCHENSTILL.

ALLMÄHLICH WIRD DER REGEN LAUT HÖRBAR. SCHLIEßLICH KOMMT STRAßENLÄRM AUF.

Teil 3

DROLL UND DIE PERSON BEFINDEN SICH IN EINEM SAAL.

IN DEMSELBEN WERDEN BANDPROBEN DURCHGEFÜHRT.
ROCKMUSIK. AUCH ZUR STUNDE PROBT EINE DER LOKALEN
BANDS, ES IST RECHT LAUT.
STÜHLE WERDEN GERÜCKT. EINIGE PERSONEN REDEN MITEI-
NANDER. ES IST NICHT ZU VERSTEHEN.

Droll ZUR PERSON: „He, du hast doch diesen Plan!"

Person GLEICHMÜTIG: „Hmm, ja!"

Droll: „Erzähle!"

Person IRONISCH: „Amm …"

Droll: „Los doch!"

Person FRECH: „Ein Plan. Ein Plan. Ein Plan. Es ist keiner. Oder
doch einer? Da gibt es nur eine Absicht im eigenen Interesse,
aber immerhin, würde ich sagen …"

Droll: „Das ist eher wenig! Auf jeden Fall!"

Person MÜRRISCH: „Jetzt hör auf damit, höre auf, mich auszu-
quetschen!"

Droll DRÄNGEND: „Ich will alles wissen, alles!"

Person SARKASTISCH: „… gut. Ich denke jetzt zurück: Schließlich war es bloß ein Fast, ein Fast ist immer nicht ausreichend. - Menschen wie du sind mir verdächtig. Es wäre ein Wunder gewesen, hätte ich mich geöffnet, persönlich und im Hinblick auf den Plan. Meine Familie ist eh ein Fliegenschiss. Die hält man sich warm, weiter nichts. Man lebt mir ihr einfach so. Es könnte sein, dass man sie später noch einmal brauchen kann. Unnötiger Ärger ist zu vermeiden! Konflikte müssen klein gehalten werden! Am besten ist Harmonie."

Droll: „Du … und deine Geheimnisse!"

Person HERABLASSEND: „Schlauberger! Von mir erfährst du garantiert keine Geheimnisse!"

Droll: „Ich habe dich schon immer für megacool gehalten. Irgendwann aber stürzt die Fassade des Lebens ein!"

Person: „Fassade des Lebens … Du bist kein Kumpel! Du bist nicht vertrauenswürdig! Ich sollte abdampfen, tschüss sagen, das wäre es dann auch gewesen …"

Droll: „Ach so!"

Person NACHÄFFEND: „Ach so."

Einweiser: „Das sind Typen. Sie sind sich sympathisch. Aber Knackis kennen keine wahre Freundschaft, sondern bloß diese Kumpelhaftigkeit, die verlorengeht, wenn gegenlaufende Interessen ins Spiel kommen, die sie auseinanderzerren. - Hier weiß Droll nichts von Interessen, so dass er nur fragen kann. Er trifft auf großes Misstrauen. Das erstaunt ihn. Er meint, dass alles mitteilbar sein sollte für einen Menschen, der einen Freund sucht."

MIT EINEM GROßEN KRACHEN BRICHT EINE BÜHNE ZUSAMMEN. MENSCHEN SCHREIEN, HILFERUFE ERTÖNEN.

Person STAUNT: „Was ist das?"

Droll: „Die Bühne … sieht komisch aus, das Ganze!"

Person ENTSETZT: „Komisch? Komm mit!"

SIE BEWEGEN SICH SCHNELL IN RICHTUNG BÜHNE.

SCHREIE. RUFE. EIN CHAOS.

Einweiser weiter: „Insonderheit materielle Interessen fallen immer stärker ins Gewicht, dann auch, wenn jemand wie die Person auf eine zu finanzierende, zu organisierende Flucht sinnt, was nun einmal höchstes Vertrauen voraussetzt, wenn man etwas sagt. Im Wissen darum hat sich die Person noch selbst beherrscht! Das war nützlich, zur Eigensicherung! Ohne Einschränkung ist der Schluss zutreffend: Die Person ist klug, weitaus klüger, als die Familie meint."

Droll RUFT: „Ich habe von dir nur Gleichgültigkeit zu empfangen?"

Person: „Immerhin stehe ich jetzt hier. Angesichts dieses Chaos vor uns, ist das eine echte Leistung. Oder?"

Droll: „Die Sanitäter kommen doch jetzt, schon sind sie …!"

Person: „Ich sehe sie …!"

ES STÜRZEN RUFEND WEITERE PERSONEN IN DEN SAAL. SANI-
TÄTER.

Droll: „Wir sehen sie … hochinteressant! Das habe ich noch nie
erlebt. Es ist ein echtes Unglück. Wenn ich jetzt ein Aufnahme-
gerät dabei hätte. Ich habe meine digitale Kamera zuhause
gelassen. Wie ist es denn mit deinem Smartphone?"

PERSON NIMMT SCHON AUF … SCHMERZENSSCHREIE, BLUT,
LEUTE DURCHEINANDER. RAUCH.

Person: „Bin schon dabei, Droll!"

STILLE.

Teil 4

TAGE SPÄTER. DRAUßEN, WINDIG IST ES. DIE LAUBENKOLONIE
IST DA DRÜBEN.
HIER: KLEINER KINDERSPIELPLATZ.
HIER AUCH: NAHEBEI GASTSTÄTTE.

Droll LANGSAM: „Andere würden mich informieren, ins Bild
setzen, zu mir gut sein. Diejenigen, für die ich mich interessiere,
würden mich informieren, offen sein!"

Person ZERKNIRSCHT: „Gut, gut, gut! Ich kann das nicht mehr
hören, Droll!"

Droll: „Ich sage die Wahrheit!"

Person: „Du bist ehrlich, es sei dir … irgendwie … auch zuge-
standen." EIN BAUM STÜRZT UM. „Aber es fällt mir schwer,
dies aufrichtig anzunehmen, das mit der Ehrlichkeit! Du … bist
ein … ja Lügner. Oder? Ich kann dir nichts ganz abnehmen. Was
für ein Mensch du all die Jahre über gewesen bist!? Grauen-
voll."

Droll ERHABEN: „Ich bin ein durch und durch aufrichtiger und
gutmütiger Mensch!"

Person LACHEND: „Wer das glaubt …!"

Droll: „Was ist so seltsam, verrückt, bescheuert, abartig daran,
dass ich ein persönliches Interesse an deinen privaten Angele-
genheiten habe?"

Person GLEICHGÜLTIG: „Früher hatte ich ja auch immer mal wieder ein persönliches Interesse an meinen Mitmenschen, an Bekannten, Freunden und Familie. Irgendwie jedenfalls und irgendwann hörte es auf. – Oder es ist doch noch vorhanden …"

Droll IRRITIERT: „Wie bitte?!"

Person: „Ja."

Droll IRRITIERT: „Schade, dass du keines mehr hast. Oder ist es doch noch vorhanden?"

Person: „Nö, doch nichts. Nichts!"

Droll: „Wirklich nichts?"

Person: „Oh ja!"

Droll: „Das ist ärmlich!"

Person: „Kann man wohl sagen!"

Droll PROVOZIEREND: „Manchmal glaube ich, dass du mich auf den Arm nimmst, um vor dir selbst gut dazustehen …!"

Person HOCHMÜTIG: „Manchmal glaube ich, dass ich dich ordentlich verhöhnen sollte, denn ich würde mich besserfühlen denn je, wenn ich wüsste, dich verhöhnt, sehr effektiv und erfolgreich verhöhnt zu haben!"

Droll AUFGEBRACHT: „Dein Gequatsche kann ich kaum noch ertragen, muss ich gestehen. Ich will meinen Verstand nicht verlieren!"

Person GELASSEN: „Wir werden in eine Gaststäte einkehren und über meine Familie doch noch eingehend reden. Ich möchte nicht wie ein Arschloch aussehen, welches sich einem alten Kumpel seltsam verweigert."

Droll LAUT: „All das mit der Familie ist eher gewöhnlich, eigentlich kaum der Rede wert. Was Schlichteres als Familienprobleme gibt es doch nicht! Damit holt man keinen Hund hinterm Ofen hervor! - Wir sprachen ja doch schon über sie. Von denen hast du doch substantiell nichts mehr zu erwarten. Sie wollen dich gern loswerden. Du bist für die … die … die ein Asozialer!" HÄLT KURZ INNE. DANN LAUT: „Weißt du, … mit diesem erwähnten Plan solltest du mich endlich bekanntmachen!"

Person VERSCHWÖRERISCH: „Plan? Irgendwie bringe ich das nicht über mich. Es ist alles verzwickt, gefährlich. Der Plan … der Plan … mein Gott … Ich vertraue mich grundsätzlich lieber keinem anderen Menschen an. Es könnte einem den Hals kosten! Nur nicht ein unnötiges Risiko eingehen, finde ich!"

Droll LAUT: „Sage es doch endlich!"

ÜBER BEIDEN FLIEGT EIN HELIKTOPTER.

DROLL DENKT NACH: „Möglich ist doch wohl, er will mich, übelwollend, verarschen. Oder er ist geistig verwirrt. Sie haben ihn vielleicht im Gefängnis endgültig verkorkst. - Nein, glaube ich nicht! Er wäre nicht einen einzigen Tag in Freiheit. Wahrscheinlich ist, dass er etwas verbirgt."

Person STAMPFT MIT DEN FÜßEN AUF, LAUT: „Heho, dieses Ding über uns - !"

KINDERLÄRM KOMMT GLEICHZEITIG NÄHER.

Droll LEISE: „Ach …" OHNE INTERESSE.

Droll DENKEND: „Weiteres Nachfragen auf die Schnelle nützt nichts, glaube ich. Aber was weiter? Gehen wir zu „Udo", um ein paar zu zwitschern? Damit er noch was Lustiges erlebt, bevor er zurück in den Knast muss, wo er jedenfalls keinen zwitschern kann."

Person: „Denkst du nach, Droll?"

Droll RUFT: „Jo!!!"

LAUTER KINDERLÄRM.

Person weiter: „Er denkt nach, Tatsache. Er ist ein famoser Denker für einen Knacki, das steht fest. Ich habe keinen Zweifel daran. Ich bin in einer Ausnahmesituation, schon weil ich diesen Freigang habe …"

Droll: „Ausnahme. Welche Ausnahme?"

Person: „Gehen wir doch in die Gaststätte da drüben! Saufen wir uns die Hucke voll!"

Droll NACHDRÜCKLICH: „Lass uns diesen Tag vergessen machen!"

SIE GEHEN LOS.

LÄRM, DER AUS EINER GASTSTÄTTE KOMMT.

Teil 5

GASTSTÄTTE.
ES IST GEGEN ABEND DRAUSSEN AUF DER TERRASSE, WIND
PFEIFT DURCH DIE BÄUME. DER WALD HIER IST UNGEWÖHN-
LICH LAUT. DIE GÄSTE UNTERHALTEN SICH REGE.

SCHWEIGERIN UND SCHWEIGER – KINDER DES BERTRAND -
TRETEN HINZU. PERSON BETRITT DIE TERRASSE, BETRETENES
SCHWEIGEN.

Schweigerin und Schweiger LAUTHALS: „Wer sagt es denn, unser Onkel ist im Anzuge – ganz unbebrillt, noch ungegrillt! Er
sieht aus, wie man ihn sich hier vorstellt: Sooo! - Die Bullen
haben ihn noch nicht abgefangen, die Übeltäter des Staates! Er
sei uns hier – unter den vielen netten Menschen! - höchlichst
willkommen!"

Person VERHALTEN: „Nabend!"

DIE UNTERHALTUNGEN DER GÄSTE GEHEN WEITER. SCHWEI-
GERIN UND SCHWEIGER SCHUNKELN MIT GÄSTEN AM TISCH,
IGNORIEREN DIE PERSON.

Person STEHEND UND EHER LEISE: „Ich hoffte, hier willkommen
zu sein! Auf Interesse zu stoßen! Als Mensch. Als ... nun ja: Keine Ahnung. Aber doch immerhin als ein Mensch unter vielen
anderen Menschen! Ist das zuviel verlangt?! – Vermutlich mögen sie meine Lederjacke. "

DROLL KOMMT DAZU, GRÖLEND.

Droll: „Der ist ... ja ... hier!" LACHT. „Es ist aufschlussreich, dass er ausgerechnet jetzt hier ist!" ZUR PERSON: „Dachte, du willst den Tag ohne Probleme abschließen!"

Person: „Mich interessieren Probleme nicht."

Droll: „Aber du triffst dich mit Familie - !"

Schweiger dann: „Der ist irre, der Mann!" SCHWEIGERIN LACHT.

Droll: „Irre ist er bestimmt nicht!"

Schweigerin VERÄCHTLICH: „Was für ein alter Sack - !"

Droll: „Das sollte man nicht sagen!"

Person HÄMISCH: „Ich lasse mir so etwas nicht gefallen!"

Droll: „Du bist ein Mensch!" LEISE ZU SICH SELBST: „Er ist ein Mensch!"

Person: „Droll! Du! – Du bist fähig und zuverlässig, ja gutmütig."

Droll: „Danke!"

Schweiger VERSUCHT SACHLICH ZU SEIN: „Ihr seid nicht wirklich ernst zu nehmen! – Du Knacki: Wie steht es um deinen Plan, in welchen du mich einweihen wolltest? Steht der noch im Raum?!"

Schweigerin ABSCHÄTZIG: „Es ist ein Kreuz mit den Älteren!"

Person IRONISCH: „Onkelchen aus Knasthausen kann nicht jedermann die dunklen Absichten und Pläne ins Ohr flüstern. Die oberste Priorität ist Geheimhaltung! Darauf kommt es stets an! Du musst es verstehen!"

Schweiger IRONISCH: „Danke für die Nicht-Info!"

Schweigerin VERÄRGERT: „Worum handelt es sich hier denn überhaupt? Kann mich jemand aufklären?!"

Droll: „Die Jugend von heute …!"

Person: „Es handelt sich …"

Droll LAUTHALS: „Nichts sagen, du!"

Person: „Wahrhaftig handelt es sich um …"

Droll IRONISCHER KOMMANDOTON: „Mund halten!"

Schweiger: „Wir sollten die Gaststätte verlassen, sie ist kein geeigneter Ort, um Wichtiges zu besprechen!"

Schweigerin: „Finde ich auch!"

PERSON UND DROLL VERLASSEN EILIG DIE TERRASSE. DER LÄRM EBBT ETWAS AB.
SCHWEIGERIN UND SCHWEIGER BLEIBEN.

Schweigerin WEISE: „Die beiden alten Knaben haben ihre Geheimnisse, die zu lüften schwierig sein dürfte. Ich mag keine Geheimnisse, gerade wenn es um Kriminelles geht. Wir haben so unsere Lebenserfahrungen als Familie machen müssen."

Schweiger: „Das kann man wohl sagen … Unsere Familie ist gezeichnet."

Schweigerin: „Beide haben eine kriminelle Vergangenheit …"

Schweiger: „Wir jedenfalls dürfen das nicht verleugnen, müssen das kristallklar sehen und bewerten!"

PERSON IST NUN ALLEINE WIEDERGEKOMMEN.

Person: „Hallo! Ihr seid noch hier!?"

Schweigerin und Schweiger GEMEINSAM: „Offensichtlich!"

Person: „Wisst ihr, Droll ist eine andere Marke. Er ist mein … mein Kumpel. Er ist fähig und zuverlässig, ein … wirklich … ein Freund. Davon bin ich überzeugt!"

Schweigerin: „Warum das alles hier - !?"

Schweiger: „Genau!"

Person: „Es handelt sich um … was …"

Schweigerin und Schweiger GEMEINSAM IRONISCH: „Das ist ja hochinteressant!"

Schweiger: „Wir sollten diese laute Gaststätte verlassen, das ist hier kein geeigneter Ort, um Wichtiges zu beleuchten!"

Schweigerin: „Finde ich auch!"

DROLL IST ABER ZURÜCKGEKOMMEN, SETZT SICH ZU IHNEN.

Droll LAUTHALS: „Wessen Kopf steht denn hier und jetzt auf dem Spiel? Wozu die Geheimnisse? Willst du etwa abhauen, alter Junge!"

Person SPIELT DEN IRRITIERTEN: „Wie?!"

Schweigerin PIKIERT: „Halten sie sich doch einmal zurück, Herr Droll!"

Schweiger: „Da hinten wäre ein angenehmerer Ort!" ER STEHT LAUT AUF. DER LÄRM IN DER GASTSTÄTTE HEBT AN.

Droll: „Die beiden gehen jetzt."

Person: „… keine Lust mehr!"

Droll: „Und?"

Person: „Wisst ihr, mir wird alles zu schräg. Ich weiß nicht recht, ich will ich will ich will. Eigentlich will ich euch alle loswerden!"

Droll: „Komiker!"

DROLL GEHT MIT EINEM „Alles Idioten!" WEG. SCHWEIGER SITZT WIEDER NEBEN SCHWEIGERIN UND DER PERSON.

Schweiger SACHLICH: „Schwatzhafter Narr, der gute alte Kriminelle! – Er will aber nur nicht den Rest seines Lebens hinter schwedischen Gardinen verbringen. Es ist leicht nachzuvollziehen."

Person: „Ja, das stimmt. Ich muss bis morgen früh um acht Uhr hinter den Mauern sein. Es wird verdammt knapp mit der Zeit. Der Unterschlupf muss gleich fertig sein, sonst geht es schief …"

Schweiger ÜBERRASCHT: „Unterschlupf?" ER LACHT AUF.

Schweigerin: „Der meint einen … Unterschlupf!!!" SIE LACHT AUF.

Person: „Ja, durchaus. Euch wird keiner verdächtigen, mir geholfen zu haben! Meine Eltern werden eh Alibis haben. Mehr will ich nicht sagen!"

Schweiger SACHLICH: „Nun, wir müssen ruhig und sachlich bleiben. Das ist am wichtigsten. Wir haben doch für dich das Versteck vorbereitet. Ein sicheres. Der Lebensmittelvorrat ist schon beigeschafft worden."

Schweigerin: „Aha!"

Person: „Ich zögere aber noch. Eigentlich hätte ich früher verduften sollen, irgendwohin … meinetwegen wie früher über Gartenzäune und durch Gemüsegärten. Aber ihr seid ja die großen Organisatoren!"

Schweige VRSCHWÖRERISCH: „Natürlich. Du hättest auf eigene Faust vorgehen können, ein kleines verstecktes Örtchen vielleicht auch gefunden. Aber die Entdeckungsgefahr wäre größer gewesen!"

Person: „Deswegen habe ich gegen euer Ding jetzt nichts einzuwenden! Auf die Familie kann man sich eben doch noch eher verlassen!"

Schweiger SCHNELL: „Gehen wir jetzt! Es ist noch Zeit genug vorhanden, um geplant und geordnet vorzugehen. Auf die Stunde kommt es nicht an, aber langes Zögern, Abwarten wegen irgendetwas, wäre falsch. Willst du bis zum Einbruch der Dunkelheit warten?"

Person: „Nein. Ich schlage vor, dass wir sofort losgehen ...!"

Schweiger: „Wollen wir vorher hier etwas essen?"

Person: „Hmm. Corned Beef."

Schweigerin RUFT: „Bedienung bitte!"

Teil 6

Einweiser: „Es gibt Möglichkeiten, von denen kein Mensch et-was ahnt. Sie liegen aber, man glaubt es schlecht, in diesem ‚kein'-Mensch, der unscheinbar durch sein Leben geht, ohne was Entscheidendes zu wissen. Wer ist ‚kein'-Mensch?"

VERSCHLAG IM WALD. SCHLECHTES WETTER, ES REGNET. PER-SON HORCHT AUF DIE TIERWELT DRAUßEN.

Person: „Ich habe Hunger, wo ist das Beef?"

Einweiser: „Der Person bescheidene kriminelle Karriere konnte bei ihrer Geburt keiner vorhersehen. Alle in ihrer Familie waren bürgerlich-brav. Sie arbeiteten wie die Irren. Der ‚kein'-Mensch, also die Person, wurde schon als Kind unerwartet auf die Karri-erestrecke geworfen, konnte sich nicht dagegen wehren. Seine

Mutter war primitiv, schwach intelligent. Nun denn, er konnte es ihr nicht vergelten! So machte er sein Leben zu einem Weg an den Rändern der Gesellschaft. Er hat Charakter, ist durchaus intelligent und halb gebildet! Und manchmal ist er wild auf Frauen. Hätte er nicht mit seiner Sexualität Probleme gehabt, so würde es diese Flucht und den Unterschlupf nicht geben. Er wäre ein normaler Durchschnittsbürger. Wahrscheinlich. Fraglich ist aber, dass er rechtschaffen wäre."

PERSON SUCHT LAUT NACH BEEF, SUCHT VERÄRGERT. DANN ABER IST ES ENDLICH GEFUNDEN. ES WIRD ZUBEREITET, AUF EINEN IMPROVISIERTEN HERD GELEGT.

Person: „Das wird schon gehen!"

ES BRUTZELT LAUT! – SCHMATZEN.

Person: „Das schmeckt ja ganz gut!" DANN KLOPFT ES AN DER BRETTERTÜR.

Person MERKT ÄNGSTLICH LEISE AUF: „Wer …?"

SCHWEIGERIN BETRITT DEN VERSCHLAG AUF LEISEN SOHLEN.

Person: „Ach hallo!" FREUDE.

Schweigerin: „Puh, das war aber ein Marsch durch den dichten Wald, sage ich dir! Wusste nicht, dass dein Verschlag so weit ab liegt, tief im dichten Wald, fern der Welt!"

Person MAMPFT: „Ja doch!"

Schweigerin: „Dich nervt das hier nicht?! Na ja, mein Brüderchen hat dich versorgt, wie ich sehe und höre …!"

Person MAMPFT: „Jaaa!"

Schweigerin: „Gut so!"

Person: „Ich bin froh, dass du hier bist, jetzt fühle ich mich besser … echt … drei Wochen bin ich schon hier. DAS ist viel Zeit, so ganz allein. Neues Essen brauche ich! – Auf Dauer geht das hier so allein bestimmt nicht gut!"

Schweigerin: „Das sieht aber recht gut aus - ! Du hast doch Kontakt zur Außenwelt, zu ihm, zu mir. Das muss reichen! Ich soll dich von ihm grüßen!"

Person: „Danke, danke … geht alles so, geht alles so! Ich kann es noch aushalten, manchmal ist es aber fast unerträglich still. Die Natur peinigt mich, ich bin ein Großstadtmensch. Sie ist für mich eine Belastung, verursacht Ängste. Und immer könnte es sein, dass so ein Polizist mir hier hallo sagt!"

Schweigerin: „Das ist es mal wieder: Außenseiter an Außenlinie. – Tatsache: Von großangelegten Suchaktionen haben wir nichts gehört! Nach dem Besuch von zwei Zivilfahndern am Tag nach deinem Untertauchen sind wir selbstverständlich von einer normalen Fahndung ausgegangen. Dass es mehr sein könnte, glauben wir nicht. Dahingehende Beobachtungen wurden nicht gemacht. Ich soll dir von Brüderchen sagen: Nichts Besonderes im Lande!"

Person VERÄRGERT: „Wenn die mich schnappen, kriege ich ein paar Jahre zusätzlich aufgebrummt!"

Schweigerin: „Denke nicht so negativ!"

Person: „Dieser von deinem Bruder organisierte Unterschlupf ist wohl recht sicher. Die Angst aber bleibt!"

Schweigerin: „Deine Zeit im Gefängnis ist beendet. Da kannst du froh darüber sein, Junge! Aber du warst damals in der Situation, dich selbst neu zu erfahren, als jemand Besonderen mit einer Identität, die nicht viele Menschen aufweisen! – Jetzt bist du hier inmitten eines Blattgrüns und eines Kackbrauns …"

PERSON LACHT VERHALTEN.

Person ETWAS VERZWEIFELT: „Logisch ist, dass ich erstmal längere Zeit hier verbringen muss. Grausig ist die Vorstellung! Ich war Außenseiter, ich bin einer. Und hier verende ich vor lauter Einsamkeit noch …"

Schweigerin SACHLICH: „Du bist auf jeden Fall interessant, ja geistreich, ein Mensch mit Erfahrungen, die es in sich haben."

Person ZU LAUT HÄMISCH: „So ein Quatsch! Muss ich mich für interessant halten? Ich glaube kaum. Am besten ist, wenn man normal genug ist - und ohne immer wieder eine Strafe befürchten zu müssen! Ich bin nun einmal ein Knastbruder, jetzt ein Flüchtiger …"

Schweigerin FLÜSTERT: „Ruhig bleiben, ruhig! – Du warst ein Mensch des Schattens mit abseitigen Bestrebungen im Alltagsleben der Vielen, um es mal geschwollen auszudrücken."

Person: „So so!" STEHT AUF, WIRFT DEN ESSENSREST ENDLICH WEG.

Schweigerin LEISE DOZIEREND: „Es gibt vielleicht gar keinen Grund in dir, - gibt keine Gründe für dein spezielles Wesen, deine innere Wertigkeit als eines Unbegreiflichen!"

PERSON SETZT SICH NIEDER.

Person LEISE: „So viel haben wir noch nie über das Thema gesprochen."

PERSON STECKT SICH EINE ZIGARETTE AN.

Schweigerin: „Wir werden bestimmt nie bis auf die Gründe deines Wesens vorstoßen, falls es sie überhaupt gibt …"

Person: „… Wertigkeit eines Unbegreiflichen! … bis auf die Gründe meines Wesens vorstoßen! – Wie sich das anhört! Hochgestochen, weltfremd, als gäbe es in mir viel und tief zu graben, in meiner Psyche, meine ich … alles Quark!"

Schweigerin: „Rede so nicht, stelle dein Licht nicht unter den Scheffel!"

Person ABWEISEND: „Ach, Quatsch!"

Schweigerin: „Vermutet wird, ehrlich, eine Sammlung von Abgründen in dir, die dich verschluckt haben könnten, doch wir, ich und mein Bruder, wissen es nun einmal nicht. Du hast aber unsere persönliche Zuneigung als Mensch, … wir verstehen dich nicht!"

Person ABWEISEND: „Ich würde gern helfen, aber ich weiß ja selbst auch nichts. Die Psychiater haben mir etwas gesagt, aber ich habe nichts kapiert. Sie waren, glaube ich, persönlich desinteressiert. Sie stuften mich nur ein. Redeten abstrakt und so wissenschaftlich, also unverständlich für mich! Mir steht nichts deutlich vor Augen. Es ist, glaube ich, vor allem meine Sexualität, die mir immer wieder Probleme macht!"

Schweigerin AUFHORCHEND: „Sexualität!?"

Person: „Ja, eben diese …!"

Schweigerin MITFÜHLEND: „Ach ja, mein Bruder berichtete mir kürzlich etwas. Du hast ihm gegenüber mal etwas bekannt … es kam heraus, endgültig zum Vorschein … dein Dauer-Grauen …!"

Person SACHLICH: „Das bestätige ich!"

Schweigerin SACHLICH: „Die Eltern hielten immer die Schnauze, vielleicht dachten sie nicht nach, vielleicht gab es dich für sie erst dann, wenn du auftauchtest. Selbst von diesen möglichen Vergewaltigungen … oder so etwas … wusste ich nichts. Verdächtigungen!"

Person TRAURIG: „Ich bin ein …"

Schweigerin SACHLICH: „Dein Geschlecht. Dein Wesen als Mensch. Dein verdammtes Geschlecht spielt die große, bedeutende Rolle! Es ist eine Sammlung von Problemen, die dich plagt!"

Person: „Allerdings! Ich leide immer. Diese Krankheit werde ich nicht los! Keiner hat mich zu einer Therapie geschickt. Im Knast war ich, im Knast! Im Grunde leide ich und leide, und deshalb übe ich mich darin, zu vermuten und anzunehmen. Es ist viel zu wenig, um Klarheit zu gewinnen, Erklärungen …"

Schweigerin MITFÜHLEND: „Dein Leben ist keinem anderen zu wünschen."

Person LAUT: „Das kannst du laut sagen! – Ich kann das alles nicht akzeptieren. Die Welt kann das genauso wenig akzeptieren! Schweigen ist immer wieder anzuraten."

Schweigerin: „Von mir und meinem Bruder bekommst du jetzt dein Essen. So ist das einfach."

Person LACHT: „Dein Bruder hat mich gar nicht ausgefragt."

Schweigerin: „Du bist jetzt mit mir allein und kannst laut nachdenken, mir alles sagen!" – „Friert es dich jetzt?"

Person: „Ach nein. Es friert mich nicht!"

Schweigerin: „Gut so!"

Person AMÜSIERT: „Schweiger hat vorgesorgt. Aber …: Im Gefängnis habe ich Abwechslungen im Alltag gehabt, die hier und jetzt leider fehlen. Kein Wunder. Dort hatte ich TV, Hifi, Internet. Pin Ups, verrückte Gefängniswärter …"

Schweigerin VERSTÄNDNISVOLL: „Tolle Möglichkeiten, Möglichkeiten sind immer gut, grundsätzlich. Man nutzt aus, was man kann. Der graue Alltag hellt dadurch hin und wieder etwas auf."

Person: „Du sagst es!"

Schweigerin IRONISCH-AMÜSIERT: „Willst du, dass ich mir dein Geschlecht mal zu privaten Studienzwecken ansehe?!"

Person BELUSTIGT GESTELZT: „Ich würde mich kaum je entschließen können, dir oder anderen das Geschlecht zu zeigen!"

Schweigerin IRONISCH BELEHREND: „Dabei ist das etwas so, so sehr Interessantes im Leben! Und gemeinsam könnten wir die Lust erleben. Gut, oder nicht?"

Person VERÄRGERT: „Du willst mich verarschen!" ER VERURSACHT GERÄUSCHE, DIE ABLENKEN SOLLEN.

Schweigerin ÜBERZEUGT: „Nein!!!"

Person: „Dann danke für das Angebot!" ER VERURSACHT WEITERHIN GERÄUSCHE, LAUTER.

DRAUßEN EIN LAUTER KNALL. ROTORENGERÄUSCHE.

Schweigerin KURZ IRRITIERT: „Du bist schüchtern, finde ich!"

Person VERÄRGERT: „Du spinnst total!"

SEKUNDENLANG STILLE.

ROTORENGERÄUSCHE GANZ LAUT, EIN HELIKOPTER FLIEGT DIREKT ÜBER DEM UNTERSCHLUPF.

Person LAUT AUSRUFEND: „Hörst du das, ein Helikopter!?

Schweigerin: „Höre ich nicht. Höre ich nicht." SIE VERSINKT IN MELANCHOLIE …

Einweiser LAUT: „Nichts für ungut, so manches war beschissener geworden. Negative Veränderungen traten ein." LAUTER:

„Das war keine Chaostheorie mehr, Häftlinge brachen häufiger als durchschnittlich aus den Strafanstalten aus, entflohen allerorts bei Gelegenheit. Weil es ihnen von der Sicherheit her auch relativ einfach gemacht wurde. Aber die Ursachensuche lief durchaus auf Hochtouren: super! Man bemühte sich amtsseits redlich. Die Politik stellte sich immerhin vermehrt öffentlich Fragen. Die guten Zeiten schienen weit weg zu sein! … wirklich, die politische und soziale Ordnung schien tatsächlich zu wanken. - Normale Menschen gerieten oft in Notlagen, bekamen auch psychische Probleme. Die Fachleute, die behandeln konnten und sollten, waren fast alle ausgebucht. Viele Menschen waren einfach wirr im Kopf, suchten nach Halt. Wer Regeln und Vorschriften gehasst hatte, suchte jetzt nach ihnen … Die Straßen waren voller Umherirrender, jedenfalls sah es manchmal so aus! Man glaubte es kaum. Viele Menschen strauchelten und Ordnungssysteme gerieten ins Wanken!"

Person NEUGIERIG: „Den oben im Himmel höre ich bestens, laut und lauter - ! Er ist auf der Suche. Er! Mich sucht er!? Er wird mich nicht finden, nicht aufspüren - ! Das ist gewiss!"

PERSON FÄNGT ZU LALLEN AN, HAT SCHNAPS GETRUNKEN.

Schweigerin: „Kannst du nicht leiser sein!" SIE GÄHNT LAUT

Person LALLEND: „Iiii … ch …?!"

Schweigerin SCHLÄFRIG: „Ich höre nichts und keinen da oben!"

Person: „Die suchen mich!" LALLT KURZ VOR SICH HIN.

SCHWEIGERIN SCHNARCHT LAUT.

Person: „He, he! Nicht einschlafen!" ER RÜTTELT WILD AN IHR.

Schweigerin AUFWACHEND - WÜTEND: „Uuaa ... Was soll denn das?! Loslassen, sofort!"

BEIDE FALLEN LAUT ZU BODEN.

PERSON LALLT SEHR LAUT, DANN IMMER IMMER LEISER ...

Person AUFGESTANDEN, LAUTHALS IM BEFEHLSTON: „Du musst gehen, sofort! – Die Bevölkerung ist in Aufruhr, glaube ich. Viele Menschen sind verwirrt, manche ganz außer sich. Sie irren durch die Gegend. Das ist alles unglaublich! Das heute! Das in diesem Land! Ich hätte derartiges nicht für möglich gehalten, ehrlich!"

Schweigerin AUFGESTANDEN - RUHIG: „Ich lasse dich ungern allein!"

Person SACHLICHER: „Hier bin ich doch ziemlich sicher! Dafür hat Schweiger gesorgt, er ist mein Wohltäter – dein lieber Bruder! – Und so einen wie mich, einen harmlosen kleinen Knacki, werden sie übersehen, glaube ich, diese armseligen Bullen da oben, wo auch immer sie ihr ... ja ... Unwesen ... treiben!"

Schweigerin GÄHNEND, DANN NACHDENKLICH: „Ob wohl irgendeiner in diesem Land noch sicher ist ...!?"

Person: „Hier wäre doch fast jeder ziemlich sicher! Ich habe keine digitale Technik vor Ort, kann sowieso nicht mit ihr umgehen. Die müssen mich schon mit Spürhunden suchen, dann auch erstmal einfangen, die Superbullen - !"

DANN RENNT ER AUS SEINEM UNTERSCHLUPF HERAUS.

Person LÄUFT UMHER, SCHREIEND: „He, kommt doch ihr Idioten!"

SEKUNDENLANG STILLE.

Schweigerin HINTERHER GELAUFEN, DURCHBRICHT DIE STILLE MIT: „Die Zeit bringt keinen Rat, jetzt ist nur schnelles Handeln gefragt!"

Person SCHREIEND: „Mich könnt ihr haben, ihr Narren, mich könnt ihr töten, ihr Narren, mich könnt ihr …!"

ROTORENGERÄUSCHE ÜBER BEIDEN, SCHÜSSE PEITSCHEN DURCH DEN ÄTHER …
POLIZEISIRENEN ERTÖNEN JETZT.

Einweiser: „Es begibt sich etwas … Gefahr!"

ES STÜRZEN MENSCHEN ZU BODEN.

Person TRITT AUF, ES SCHALLT ENORM: „Alle Bürger können mich mal kreuzweise! Ich hasse sie alle, alle, alle … Der Tod ist mir egal. Das Leben ist mir egal. Das ganze Leben und das ganze Sterben: Scheiße!"

Einweiser GLEICHMÜTIG RUHIG: „Ein Gleichgültiger …"

Person RUFT AUS: „Die Menschen sind Raubtiere, die es nicht besser wissen können – haben Erziehung, leben in Ordnung. Aber die Schande ist, dass sie meinen, jegliches Meinen sei sinnvoll. Und sie seien moralische Wesen … Bah, was für ein Unsinn!"

Einweiser LEICHT GESTELZT: „Diese Person ist höchst fragwürdig in ihrem ständigen Zweifeln. Sie ist nackt. Sie wird zu nichts mehr kommen! In ihrer Nacktheit ist sie nur verloren … Die Anerkennung durch die Institutionen der Gesellschaftsordnung und des Staates fehlt nun einmal gänzlich!"

TEIL 7

IN DER ABENDDÄMMERUNG. ES IST VIEL LOS HIER: EIN STARK BEVÖLKERTER PLATZ INMITTEN EINER METROPOLE. UNGEMEIN LAUT IST ES HIER UND JETZT, STIMMEN SCHWIRREN DURCHEINANDER. VERKEHRSGERÄUSCHE JEDER ART.

Einweiser: „Man flüchtete. Stundenlang. Ehrlich? Wohin flüchtete man denn? Brauchte es nicht doch noch einen weiteren Unterschlupf?! Die Person wurde, keine Frage, tatsächlich verfolgt. Die Polizei war es, die ihr zu schaffen machte."

FLIPS TRITT AUF, GUT GELAUNT. DAZU KOMMT DANN AUCH NOCH DIESER GEWISSE SCHLEUNIG. BEIDE SIND BEAMTE IN DIENSTEN DES SICHERHEITSAPPARATES.
Flips HELLE STIMME, LÄSSIG: „Tag auch!"

Schleunig DUNKLE STIMME: „Dasselbe!"

BREMSEN EINES AUTOS, REIFEN QUIETSCHEN.

Flips SEHR SACHLICH: „Wahrhaftig. Was zu tun ist, ist zu tun. Wir weichen von der Linie nicht ab. Weisung ist Weisung …"

Schleunig ERHABEN: „Weisung ist Weisung!"

Flips SEHR SACHLICH VORTRAGEND: „Ich bin Flips, meines überaus genialen Zeichens Zivilfahnder von Beruf, bei der Polizei. Und ich habe die ehrenvolle Aufgabe und die Pflicht, alles nur mögliche Vorstellbare zu unternehmen, um die gefallene Kreatur einzufangen, die ihre Freiheit missbraucht, geflüchtet ist und immer noch auf der Flucht ist! Sie muss in die Haft zurück, denn dieser Freigang ist wirklich beendet - !"

Schleunig: „Das bestätige ich hiermit!" NIMMT LAUT HALTUNG AN!

Flips: „Ich soll auf sie, Schleunig, als geniale Kraft zählen können. Ich zähle alle Bohnen, eins, zwei, drei … vier Bohnen. Und so fort. Machen sie sich nichts daraus, dass ich weniger genial bin als sie, Schleunig!"

Schleunig TIEF ERNST: „Ich bin der Oberschlauberger des Reviers!"

Flips: „Auf sie zählen wir, zählen ihre grauen Zellen …"

Schleunig PIKIERT: „Das ist schon sehr witzig, Herr Kollege!"

Flips: „Die Bullen, die wir sind, sind wir aus Interesse an der Erhaltung des Staatswesens und auch deshalb, weil wir Menschen, die Gesetze übertreten, so ziemlich hassen."

Schleunig BEGEISTERT: „Das allerdings ist sehr, sehr und sehr wahr! Es könnte nicht wahrer sein! – Wir fahnden nach denen, die zur Fahndung ausgeschrieben wurden. Und wir greifen sie uns so schnell es geht! Dann bringen wir sie dorthin zurück, wo sie hingehören. Weisung ist Weisung, alles andere zählt kaum."

Flips: „Menschen sind nur Menschen. Wir haben uns daran gewöhnt. Bürger sind Bürger! Jawoll! Höret es!" ER LACHT ZWISCHENDURCH GRELL. „Es ist wenig genug. Menschen zählen in den Augen der staaterhaltenden systemrelevanten operativ agierenden Sicherheitskräfte recht wenig. - Wenn wir auf Gefühle noch Rücksicht nehmen müssten, wären wir geliefert!"

Schleunig: „Ich denke ganz praktisch. Wir müssen schnell sein. Brutal und rücksichtslos müssen wir auch sein, weil wir nur so effizient sind! Zumal die Angst aufkommen muss …!"

Flips ERHELLEND: „Mein Gott, wenn die Menschen keine Angst vor uns hätten, dann wären wir aufgeschmissen!"

Schleunig: „Da haben sie aber etwas gesagt!"

Flips GLEICHMÜTIG: „Das Leben ist scheiße."

Schleunig: „Die maroden sozialen Beziehungen sind es, die offenbar werden, wenn man so tief wie wir zu graben hat, so schnell agieren muss, so viele Gesetzesübertreter einzufangen hat!"

Flips WEISE: „Ich werde noch ein Philosoph!"

Schleunig: „Ich auch!"

EIN AUTOCRASH.

Schleunig: „Ich freue mich über sie, lieber Kollege! Sie sind seit langem mein großes Vorbild als Kollege und Mensch. Als kleiner Junge träumte ich von ihnen und befragte mein Gewissen, ob ich mich ihrer jemals als Kollege würdig erweisen würde!"

Flips: „Wenn sie damals von mir träumten, kannten sie mich schon. Ich war ein ganz junger Beamter!"

Schleunig: „Ja. Und ich war ein Knirps."

Flips: „Als Zivilfahnder müssen wir ganz ernst bleiben, auch wenn es viel zu lachen gibt. Führen vor allem bewährte Vorgehensweisen durch, damit wir sicher die Regeln einhalten."

Schleunig: „Aber schnell müssen wir sein und bleiben!"

Flips: „Ja doch. Alles wird noch besser werden können, solange wir uns mit unseren Gattinnen gut vertragen und …"

GELÄCHTER IM HINTERGRUND, ES KOMMT LANGSAM NÄHER …

Schleunig: „Schon komisch, das Ganze …"

Flips: „Fahnden ist Arbeit. Wenn zuhause alles stimmt, sind wir gewappnet und können alles schaffen. 100 Prozent! – Aber manchmal finde ich, dass ich gequält werde. Es könnte nur Einbildung sein. Aber es wird von mir einfach so gefühlt. Ich bin vierundsechzig Jahre alt, bis jetzt ist die Liste meiner Misserfolge länger als die meiner Erfolge!"

GELÄCHTER!

Schleunig: „Das wusste ich ja gar nicht!"

Flips: „Jetzt aber!"

Schleunig: „Ich habe eine großartige Zukunft vor mir, sie können wir dabei helfen, dass die Zahl der Fehler gering an Zahl bleibt!"

Flips INTERESSIERT: „Gut, gut! – Aber … meine Hoffnung ist, dass die Schwächen getilgt werden können. Meine eigenen! Daran muss ich arbeiten. Das hört nicht auf. Es ist eine gewaltige Herausforderung, der ich mich gestellt habe! - Ich bin willens, sie sind willens. Wir können die Person nur kaschen, wenn wir alles geben. Sonst wird sie, diese Person, auch nur ein Misserfolg werden, Kollege!"

Schleunig DESINTERESSIERT: „Ach der …"

Flips EILFERTIG: „Den müssen wir uns holen, sonst werden wir als Versager dastehen! Da gibt es nichts. So klug kann der nämlich nicht sein, haben wir doch längst ermittelt. Er muss in seiner alten Wohngegend untergekommen sein!"

Schleunig: „Das ist gut möglich! Er könnte uns hier über den Weg laufen. Seit Wochen kurven wir in dieser feinen Wohngegend herum, auffällig und … erfolglos. Ist doch wahr!"

Flips MIT NACHDRUCK: „So fein ist diese Gegend aber nicht, Schleunig!"

Schleunig: „Na ja. - Die Mitarbeit seines Bruders war erheblich. Er ist sehr kooperativ. - Dieser Mensch, den wir fangen müssen, muss dumm sein! Die paar Jahre, die er noch abzusitzen gehabt hätte … verdammt! Was büxt der aus!"

Flips: „Die Knackis sind nicht so klug wie sie oft selber meinen. – Diese Person würgt an ihrem Leben."

Schleunig: „Na gut. Aber wenn er in dieser Wohngegend herumirrt, dann werden wir ihn bestimmt einfangen können!"

Flips IRONISCH: „Deshalb haben wir ihn ja auch schon …" LACHT HERZLICH AUF.

Schleunig: „Ah ja, wir werden ihn noch kriegen, müssen nur viel mehr tun, noch viel mehr tun …! – Aber ihre Dienstzeit nähert sich ihrem Ende, oder?"

Flips ARROGANT: „Trotzdem arbeite ich pflichtgetreu bis zur letzten Minute mit vollem Einsatz!"

Schleunig: „Das glaube ich auch." ZIEHT SEINE PISTOLE AUS DEM HOLSTER HERAUS UND SCHIEßT IN DIE LUFT.

Flips WÜTEND: „Was soll denn das?!"

Schleunig: „Die Knackis sind Looser. Verpfuschtes Leben. Knast-Karriere. Ausbrüche, das ganze Flüchten: Sie sind nicht clever, viele sind bloß blöde, verfangen sich in den ausgeworfenen Netzen!"

Flips: „Wo haben wir denn eines ausgeworfen?"

Schleunig: „Ja, wir müssen das noch tun, da gebe ich ihnen voll recht!"

Flips: „Die Person hat immer noch eine beträchtliche kriminelle Energie und weiß, wie man flüchtet und vor allem wohin. So clever ist sie eben doch! Die Aussicht, wieder im Gefängnis zu landen, hat die Energie aktiviert und gestärkt."

Schleunig EILIG: „Das können sie mir überlassen … alles … Sie gehen doch bald in Pension!"

Flips ERHABEN: „Ich denke nicht daran. Ich möchte mit meinen schweren Jungs baden gehen, die Gemeinsamkeiten, die es gibt, genießen. Jetzt erst recht! Auch die Person ist mir durchaus ans Herz gewachsen! – Wahrscheinlich verfolge ich diese Person jetzt zum letzten Mal. Es ist wahrscheinlich meine letzte wichtige Aufgabe, die ich sehr ernst nehme!"

Schleunig LAUTHALS IRRITIERT: „Das ist ja alles irre, was sie sagen!"

SIE GEHEN IN EIN ÖFFENTLICHES GEBÄUDE. TÜRENQUIET-SCHEN. STIMMEN IM HINTERGRUND.

Schleunig: „Wieso finden sie diese Person auch noch sympathisch?! Für solche Typen habe ich nichts übrig. Sie sind Ärsche, Nichtsnutze, Schädlinge."

Flips: „Wir setzen uns auf diese Bank und warten, bis wir hereingerufen werden!"

SIE SETZEN SICH HIN. UND SIE STEHEN WIEDER AUF. GLEICH-ZEITIG.

Schleunig: „Das ist langweilig, wir langweilen uns hier noch zu Tode. Der ernste Dienst ruft!"

Flips: „Wir können hier durchaus solange warten, bis wir schwarz werden. Es wird gelingen …!" LACHT DANACH HERZHAFT.

TÜRENKNALLEN IM HINTERGRUND. SCHREIE.

Schleunig: „Man könnte fehlende Gerissenheit und auch des klugen Handelns jedem einzelnen Kleinkriminellen vorwerfen! Die tun das Falsche auch noch … falsch … äh - !"

GELÄCHTER HINTER DER TÜR, DIE IHNEN AM NÄCHSTEN IST.

Flips: „Unsere liebe Person hat die Aussicht, noch einige Zeit absitzen zu müssen, bestimmt deprimiert. Der Ärmste, der Arsch!"

MUSIK ERKLINGT IM TREPPENHAUS, ES SCHALLT LAUT. DANN WIRD ES ETWAS LEISER – IM HINTERGRUND.

Flips GEWITZT: „Wenn wir ihn haben, können wir ihn laufen lassen. Das wäre eine Maßnahme!"

Schleunig: „Was reden sie da, Kollege!" EMPÖRUNG ZEIGT SICH.

Flips: „Er ist auch nur ein Mensch! Das allein ist wahr!"

Schleunig VERÄRGERT: „Ich kann mir das nicht anhören, Junge, Junge …!"

Flips: „Wenn ich Pensionär bin, dann spende ich ihm eine Nachhilfe im Flüchten!"

SCHLEUNIG LACHT HÄMISCH AUF.

Schleunig: „Ihre Dienstzeit geht ja zu Ende. Da kommen einem bestimmt die beklopptesten Grillen!"

Flips: „Ich achte meine Jungs, auch die schweren .... Sympathie kommt gerne auf, wenn ich nicht aufpasse, so wie ja auch in diesen Momenten der ungeheuren Langeweile. Das ist wie das Leben selbst!" ER GÄHNT LAUT.

SIRENE IM HINTERGRUND. DANN: SONORE STIMME, EINE DURCHSAGE.

„Alle Beamten mit Anfangsbuchstaben X im Nachnamen sofort zur Direktion!"

MUSIK EBBT AB. ES TUT SICH NICHTS.

Schleunig ENGAGIERT: „Sympathie, das ist mir zu dreckig. Verständnis wäre noch zu tolerieren, aus menschlichen Gründen, aber auch aus Gründen der dienstlichen Rücksichtnahme auf die desolaten Umstände und Bedingungen, in denen so mancher dieser Menschen zu leben hatte, hat und vermutlich weiterleben muss. Aber meine Treue zu meinem Dienstherrn ist in jedem Fall sehr groß!"

Flips IRONISCH: „Ist ja gut, ist ja guuut! – Ich kann die Jungs eben begreifen: asozial und armselig!"

Schleunig VERÄRGERT: „Einen Vorgesetzten wie sie kann ich mir kaum leisten. Das muss ich ihnen ins Gesicht sagen!"

Flips IRONISCH: „Ist jaa guut!"

SCHLEUNIG REICHT FLIPS EINE ZIGARETTENPACKUNG.

Flips: „Herzlichen Dank. Aber ich rauche immer noch nicht!"

Schleunig LAUT PROVOKANT: „Was wollen sie denn noch bezüglich ihres … äh: Lieblings sagen? Ich höre! – Er muss verhaf-
tet werden. Das ist doch sonnenklar! Sonst werden wir Objekte
der Verachtung und des Gelächters!"

Flips SACHLICH KORRIGIEREND: „Seien sie nicht so arrogant!"

Schleunig UNRUHIG: „Fahren wir jetzt zu seinem verdammten
Brüderchen?!"

Flips SCHNELL HINTEREINANDER: „Ja. Wir fahren, jeder mit
einem anderen Dienstfahrzeug, zu diesem Bertrand, dem Brüderchen, Weisung!"

Schleunig IRONISCH LACHEND: „Ha ja - … zu Befehl!"

Flips AUSFÜHREND: „Der hat sich kaum je aus seiner Wohngegend …"

SIE GEHEN NUN ZÜGIG AUS DEM GEBÄUDE. HINTERGRUNDGE-
REDE. GELÄCHTER.

Teil 8

DANN SIND SIE ZUSAMMEN IN EINEM DIENSTFAHRZEUG, FAHREND –

Flips IM BERICHTSTON: „Unsere Person. Ja, die! - Also er hat dort, in dieser Wohngegend, ein Leben lang gewohnt. Das Wohnen dort behagt ihm offenbar. Es heißt, er habe sich bis heute kaum je aus ihr herausgetraut! Sie ist sein festes Zuhause, anderswo könnte er sich nicht wohlfühlen, gäbe es gar kein Ertragen des Lebens. Interessant!"

Schleunig SITZT AM STEUER, RÜLPST ERST: „Hochinteressant, ich höre zu!"

Flips: „Sie hören zu!"

Schleunig UNGEDULDIG: „Ja doch!"

SIE GELANGEN ZUM HAUS VON BERTRAND, BRUDER. STEIGEN AUS, SPRECHEN MIT DEM BRUDER, WELCHER VOR DEM HAUS AUF SIE GEWARTET HAT.

Bertrand FREUNDLICH: „Guten Tag, ich grüße sie! Ich helfe gern!"

Flips: „Hallo, einige Infos zu ihrem Bruder benötigen wir dringend. Er ist auf der Flucht. Das wissen sie!"

Schleunig MIT NACHDRUCK: „Wir brauchen sie!"

Bertrand: „Allerdings!"

GEHEN INS HAUS, SETZEN SICH IN DAS WOHNZIMMER.

Bertrand AUF DEM KNARRENDEN ALTEN SESSEL, BEMÜHT UM SACHLICHKEIT: „Ich helfe ihnen so gut ich kann. - Also: Anderswo könnte er ein Angstgefühl entwickeln. Jedenfalls, so wurde ermittelt, schläft er in anderen Häusern in anderen Wohngegenden schlecht. Das zumindest! – Lebens- und Überlebenshandlungen gelingen ihm bloß dort, wo er sich absolut zuhause fühlt. Als er selbst!" ER UNTERDRÜCKT SEIN LACHEN.

Flips GENERVT: „Wissen sie, so weit sind wir mit unseren Erkenntnissen auch schon!"

Bertrand: „Ich kann nur sagen, was ich mit Bestimmtheit weiß. Sonst nichts. Sonst nichts! Das ist nun einmal so, verstehen sie?"

Schleunig HERABLASSEND: „Wir verstehen einfach alles!"

Flips ETWAS UNGEDULDIG: „Was können sie uns denn noch mitteilen?"

Bertrand: „Ich weiß jedenfalls nicht, wo er sich gegenwärtig aufhält. So!"

Flips SACHLICH: „Sie hätten es ja sonst längst mitgeteilt."

Schleunig IM ANSATZ VERÄCHTLICH: „Was für ein Mensch, ein Schlappschwanz, würde ich sagen … würde ich sagen!"

Flips ETWAS VERÄRGERT: „Wir müssen ruhig und sachlich bleiben, Kollege!!!"

Bertrand VERÄRGERT: „Mein Bruder ist kein Schlappschwanz!"

Schleunig: „Ihre Familie ist schon ein bedenklicher kleiner Haufen …"

Flips VERÄRGERT: „Bitte …!"

Schleunig: „Bei sich zuhause kennt er sich aus, der Gute. Hier stellt er etwas dar und hat seine Leute. Er ist wohl eine bekannte Figur in der Wohngegend! Aber ein Sensibler ist er nun einmal …"

Flips: „Ein Kleinkrimineller. So weit so gut."

Bertrand: „Ein Kleinkrimineller?!" ER IST AUFGESTANDEN, GEHT IN DEM ZIMMER LAUT HIN- UND HER. MAN HÖRT VOGELGEZWITSCHER IM KÄFIG, DER IN DER ECKE DES ZIMMERS AN DER DECKE HÄNGT.
GERÄUSCHE VON DRAUßEN. EIN GROßES FENSTER IST GEÖFFNET.

Schleunig: „Gut ist doch offensichtlich gar nichts!"

Bertrand VOM FENSTER AUS: „Man muss stets versuchen, die Nerven zu behalten. Es darf nicht zu hektisch werden. Das Leben ist ein irrer Zirkus. Deshalb suche ich zuhause meist die Ruhe."

Schleunig: „Hier gibt es zu viel Ruhe, Herr …"

Flips VERSTÄNDNISVOLL: „Ich verstehe die Angehörigen, die auf Distanz bleiben und lieber abwarten, was kommt. Das Leben ist zu kurz, um es unnötig Risiken auszusetzen. Wer einen kriminellen Verwandten hat, muss gehörig aufpassen! Es darf nichts an die Öffentlichkeit kommen!"

Bertrand: „Da sagen sie etwas von Wichtigkeit!"

Flips: „Wir gehen gleich wieder!"

Bertrand: „Das finde ich richtig!"

Flips: „Das finden wir sehr richtig!"

Schleunig WENDET SICH AB: „Ah …"

DAS FENSTER WIRD VON BERTRAND GESCHLOSSEN. ER SETZT SICH WIEDER HIN. DER VOGEL IST JETZT STILL.

Einweiser: „Sie saßen in diesem Wohnzimmer zusammen und unterhielten sich kurios. Das war keine normale Befragung. Es diente kaum der Erhellung des Falls. Die Person blieb fort, wer weiß für wie lange noch."

PLÖTZLICH BEFINDEN SICH ALLE IN EINER MARMORHALLE. ES ECHOET HERVORRAGEND. DIE ATMOSPHÄRE IST DICHT, ES KNISTERT. GETRAPPEL IM TREPPENHAUS. WEIT ENTFERNT GE-SPRÄCHE.

SIE SITZEN AUF EINER BANK AN DER WAND.

Einweiser: „Und dann saßen sie wohl auf einmal in einer großen Halle zusammen und sprachen. Es war keine Normalbefragung …!"

Bertrand: „Hier, ja hier sind wir nun gelandet. Die anderen Passagiere in Richtung Nichts sind schon fort."

Flips: „Sind schon fort!"

Schleunig: „Wahrhaftig!"

Flips und Schleunig ZUSAMMEN: „Hahaha!"

Bertrand: „Der ganze Käse stößt mich nur noch ab!" NERVÖS RUTSCHT ER HIN- UND HER.

Schleunig: „Wir sind gehalten, auch weiterhin diese Befragung durchzuführen!"

Flips: „Hmm …!"

Bertrand SEHR UNWIRSCH: „Mich nervt das aber alles sehr!"

GUTE STIMMUNG. BERTRAND IST BEIDEN DURCHAUS VER-TRAUT. ES KÖNNTE SCHLECHTER FÜR ALLE LAUFEN.

Flips: „Was sie konkret zu tun beabsichtigen, müssen wir nun endlich wissen! Das muss ihnen klar sein. Klar? – Sie haben wegweisende, erhellende Bedeutung für den Fall. Sie, die Kontaktperson Nummer 1. Sie sind das!"

Bertrand: „Ja?"

Flips: „Werden sie sich von ihrem Bruder lossagen?"

Schleunig: „Ja? – Hassen sie ihn, lieben sie ihn? Helfen sie ihm, wollen sie ihn gar nicht sich zuhause noch aufnehmen?!"

Bertrand: „Das wird mir zuviel hier! Sie unterstellen mir ständig etwas. Ich bin für sie nur ein böser Helfer! Einer, der auch kriminell ist!"

Flips: „Was da alles so auf dem Spiel steht!"

Schleunig: „Wir wollen ihnen helfen!"

Flips: „Es ist dringend geboten, uns hier und jetzt zu unterstützen!"

Bertrand: „Was?"

Flips: „Was ihr Bruder alles noch anstellen könnte!"

Schleunig: „Er ist ein Gefährder!"

Flips: „Haben sie denn nie etwas verbrochen?"

Schleunig SACHLICH: „Er ist ein Kleinkrimineller. Er gefährdet die Grundlagen unseres Staatswesens. Ihr Bruder ist für jeden Normalbürger eine Herausforderung und Zumutung!"

Bertrand LAUTHALS: „Sie beide sind eine Zumutung, soviel lässt sich sagen - !" VERÄRGERT. „Aber gut: Natürlich ist er nicht leicht zu nehmen …"

Flips: „Was für eine Einsicht, bester Mann!"

Schleunig: „Kann man wohl sagen!"

Bertrand NACHDENKLICH: „Ins Gefängnis …"

Schleunig MIT NACHDRUCK: „Er soll seine Strafe absitzen, ganz. Das waren alles doch keine Kavaliersdelikte. Er ist ein Exhibitionist und Dieb. Legalität? Die kennt er kaum."

Bertrand: „Seine Taten waren mir lange Jahre kaum oder nicht bekannt. Erst am Tag seiner Flucht deutete er sie mir gegenüber einmal kurz an!"

Flips: „Er ist flüchtig. Das ist es! – Und wir vertreten das Gesetz!"

Bertrand ANGEÖDET: „Ja, ja …"

Schleunig VERÄRGERT: „Nicht ja, ja …!"

Bertrand: „Ich habe die Lage doch erkannt!" ER IST AUFGESTANDEN UND GEHT UMHER.

Schleunig STRENG: „Jetzt setzen sie sich gefälligst wieder!"

Flips: „Wo ist denn ihr Bruder zuzreit?"

Schleunig: „Setzen sie sich jetzt!"

BERTRAND SETZT SICH. STEHT ABER SOFORT WIEDER AUF – GEHT -

Bertrand RUHIG UND GELASSEN: „Ich werde mich gegenüber Fremden nie bekennen. Sie sind nur Fremde! - Es könnte alles geschehen. Mein Bruder hin, mein Bruder her. Alles ist mir egal, wenn ich mir nur meine Persönlichkeit gegenüber dem Staat erhalten kann! Nie würde ich ihnen über meine Gedanken und Gefühle wirklich Auskunft geben!"

Schleunig VERÄRGERT LAUT: „Setzen sie sich!!"

Flips: „Wir wollen lediglich wissen, wo sich ihr flüchtiger Bruder zurzeit aufhält, denn wir haben einen Haftbefehl!"

Bertrand: „Was soll das alles? Ich werde gar nichts von Bedeutung kundtun!"

Flips: „Wir sind dabei, sie kennenzulernen. Dadurch lernen wir auch ihren Bruder kennen! Aber es geht langsam vonstatten. Natürlich ... es dauert, fordert viel Geduld und Zeit!"

Bertrand: „Närrisch ist das alles, närrisch!"

Schleunig: „Er sitzt noch nicht!"

DANN HAT SICH BERTRAND HINGESETZT. EINE SIRENE IM HINTERGRUND, SIE HEULT AUF.

Bertrand: „Niemand darf erfahren, wer ich bin. Auch nicht, welche Meinung ich wirklich und wahrhaftig zu meinem flüchtigen Bruder habe!"

Schleunig VERÄRGERT: „Wir drehen uns wirklich und wahrhaftig im Kreis!"

Flips UNWIRSCH: „Das kann so nicht weitergehen, Herr Kollege!"

Bertrand: „Ich mag sie nicht, sie Hüter der Ordnung! Ihre Sachfragen sind mir viel zu persönlich. Das geht viel zu weit! Es geht sie mein Leben nichts an, nichts!"

Schleunig: „Sie wollen einfach nicht helfen, wollen wohl auch nicht, dass wir sie verstehen können. – Ihnen wollen wir nicht schaden!"

Bertrand: „Sie wollen allen Menschen, die in diesem Land leben, schaden!"

Flips IRONISCH: „Das ist schon einmal eine ergiebige Auskunft zu ihrer Haltung gegenüber Staat und Gesellschaft!"

Bertrand VERSONNEN: „Wer es glaubt, wird selig. Wer es nicht glaubt, versinkt im Boden, rutscht ab ins Nichts, wo er bleibt, bis er verrottet ist!"

SCHLEUNIG UND FLIPS GEHEN IN DER HALLE UMHER, UNTERHALTEN SICH, WÄHREND BERTRAND AUF DER BANK SITZT UND VOR SICH HIN STARRT.

Ende

VITA

Kay Ganahl

Geboren in Hilden/NRW, wohnhaft in Solingen/NRW. Er ist von Beruf Diplom-Sozialwissenschaftler und Schriftsteller.

Kay Ganahl begann sich in jungen Jahren mit Literatur, Politik und Philosophie auseinanderzusetzen. In den 80er Jahren studierte er in Wuppertal und Duisburg Sozialwissenschaften (Studienrichtung Politische Wissenschaft; schwerpunktmäßig politische Theorie und Philosophie, Ideengeschichte sowie Sozialphilosophie).

Ganahl schreibt Werke der Lyrik und Kurzprosa, aber auch Kurzgeschichten, Erzählungen, Stücke, Hörspiele und Romane. Dazu kommen wissenschaftliche Studien (Buch und Ebook).

Gestalterische Arbeiten in Buch und Ebook, z. B. Illustrationen und Cover. Teilnahme an Kunstausstellungen. Tätig als Internet-Literat auf Literaturseiten im WWW. Organisation und Moderation von literarischen Veranstaltungen. Herausgeberschaften von Buch und Ebook. Veröffentlichungen im Selbstverlag.

Zahlreiche Buch- und Ebook-Veröffentlichungen, Veröffentlichungen in Anthologien u.a.

Kommunikationsbeauftragter im Landesvorstand des Fr. Dt. Autorenverbandes/NRW; als Vorstandsmitglied im

Freundeskreis Düsseldorfer Buch `75 e. V. Schriftführer, zudem Redakteur der Vereinszeitschrift „Der Gießerjunge". Solinger Autorenrunde, Gründungsmitglied. Solinger Autorenrunde und Freunde, Gründungsmitglied.